中公文庫

ボロ家の春秋

梅崎春生

中央公論新社

目次

I

II

ボロ家の春秋

I

黒い花

（未決囚鷹野マリ子より裁判長への上申書）

今かんがえると、戦時中挺身隊に行ってた時の方が、今よりも、もっともっと幸福だったような気がする。私は学徒として、その頃被服廠《ひふくしょう》の分工場に通っていたのです。そこでは、特攻隊の人々の外被《がいひ》を縫うのが、私たちの仕事だった。設備も不完全だったし、坐りきりなので、健康にもいいとは思えませんでしたけれど、まだ私たちの心には張りがあった。意義がある仕事をやっている、そんな気持でいっぱいでした。

もちろん私は子供だったし、何も知らなかったんです。みんなで力を合わせて、この戦争に勝てば、すぐ絶大の幸福が自分にも来るのだと、ぼんやりそう考えていたのです。校長先生もそう言って、私たちを送り出したし、工場の主任さんもそう言って、私たちを励ましたんです。無条件で私たちはそれを信じた。

私たちは競争で、外被縫いにいそしんだ。縫い上げたこれらの外被を、若い人たちが着る時は、もうその人たちは強制的に死ななければならないのだ、そんなことには私たちはあまり気がつかなかった。一所懸命に外被を縫うことが、すべての人々を幸福にし、また、自分を幸福にするのだと、本気で思っていたんです。わけもわからずに。思えば何という惨めな、残酷なことでしょう。

しかし三月十日の空襲で、学校も工場も家も、全部焼けてしまった。私は煙の中を、父と母といっしょに逃げた。ほとんど着のみ着のままです。やっと危険地区から脱出して、道ばたに休んでいたとき、私は自分の体の異常に気がついた。私は晩熟で、それが初潮だったのです。友達などから教えられて、そんな知識もないではなかったが、場合が場合だから、気が顛倒《てんとう》して、どうしていいのか判らなかった。道ばたの石の角材に腰をおろして私はぼんやりしていた。

母がそれを見つけたのです。その時の母の顔を、私は決して忘れない。軽べつとも違う、嘲笑ともちがう、異様なつめたい笑いを頰にうかべて、母は言った。

「まあ。なんてこの子は、バカな子だろう」

私は氷の穴の底に落ちてゆくような気がした。背筋がつめたく冷えてきて、我慢しようとしても、身体がガタガタと慄えた。そのくせ私は、痴呆みたいな薄笑いを、顔にうかべていたのです。すると母の声が飛んできた。

「ニタニタするのは、お止し！」

着ていたものの片袖を裂いて、私は手当てをした。手当てしようとする母の手を、頑強にしりぞけて、私は自分で手当てをした。眼を吊り上げたような母の顔を、私は今でも思い出せる。

私の母は、継母《ままはは》でした。私が六つ位の時に来たのです。母は子宮が悪くて、子供は出来なかった。だから言わば私に、かかりきりのような形になっていました。幼い時から私が花柳流の踊りを習ったのも、その頃の母の趣味だったのです。でも私も、踊りは大好きだった。——ところが小学校の五年のとき、私が学校の成績がすこし落ちると、それを理由に、母はさっさと私に踊りを止めさせてしまった。成績が悪くなったと言っても、ほんの一寸なのです。その頃から私は、母にある感じをぼんやり持つようになっていた。胸の奥の奥の、気がつかない深いところでは、それ以前から持ってたのかも知れませんけれど。

私たちは本郷にある遠縁の家に、落ちつくことになりました。分工場は焼けたので、こんどは下町方面のある郵便局に働きに行くことになった。同級の人たちで、四人、あの夜行方不明になっていた。四人とも、炎上した地区の人達です。その一人は、二三日して、小さな池の中で死骸が見つかったそうです。お母さんらしい死骸から、抱きしめられるようにして、池の中に沈んでいたのだそうです。それを聞いたとき、熱いお湯みたいなものが眼玉の奥を走るような気がした。

郵便局の仕事は、郵便物の整理だった。一週間のうち、学校へ一日出るだけで、あとの五日はこの仕事。だから学生と言っても、ほとんど勉強する時間はなかった。でも私たちは一所懸命でした。

そしていきなり、終戦です。日のかんかん当る空地に整列して、私はラジオを聞きました。私は涙がむちゃくちゃに流れて、とめどがなかった。悲しいとか、嬉しいとか、口惜しいとかいう、はっきりした気持ではなかった。涙というよりも、身体の中のものが溶けて、それが瞼から流れ出るような気がした。——そして私は、大人を憎んだ。心の奥底から。

と言うのは、それから二三時間後です。私は裏の倉庫で、ひとりぼんやりしていたのです。そこへ局の主任さん（私たちはそう呼んでいたのです）がやってきて、私にひどい悪戯《いたずら》をしかけようとしたのです。チョビ髭を立てた、赤黒い顔の男です。いつも鹿爪らしく私たちに、もっともらしい訓示をしていたこの男が、厭らしく力んだような顔を、いきなり私に寄せてくるのです。私はびっくりして、気がちがいそうになった。モンペの紐が音立てて千切れた。私は無我夢中で、そばに落ちていた硝子の破片を拾い上げた。自殺するつもりだったのです。すると男は、あわてて手を離して、冗談だよ、本気にするなよと言いながら、表へ出て行った。私は身体は汚されなかった。しかし心にどろどろの汚物をかけられたような気がした。男の大人ってあんな気持に平気でなれるのでしょうか。二三時間前お国がこんなになったというのに。私には判らない。それだったら、私は死んだ方がいい。裁判長さま。貴方も大人だから、この男の気持も、お判りでしょうね。

しかしこの出来事は、私は誰にも話さなかった。友達にも、まして父母にも。

挺身隊はそれで終り、また学校に通うようになった。その年の末、父の工面で、バラックながら小さな住居と、それに棟つづきの工場が建った。父の商売は木ネジの製造で、通いの職工も四五人いました。父は近所でも、やり手だという評判でした。

仕事が忙しいせいか、性格からか、父はお酒飲みでした。しかしお酒飲んだときの父の顔は、私はあまり好きではなかった。ひどくだらしなくなる方だったから。

翌年の十月、私は女学校を卒業した。成績は二番でした。勉強が好きでもあったのです。しかし本当は、いい加減な成績をとって、母からつめたい眼で見られるのが、口惜しかったのです。母は成績にはうるさかった。

そのくせ母は、私がいい成績をとっても、決して表だって喜びはしなかった。ふん、と鼻でうなずくだけだった。成績が少しでも落ちると叱りつけたり、つめたい皮肉を言ったりした。時には、私を生んだ実母の名を出したりして。

母は私の生母を、憎んでいたのではないかしら。しかし母は生母に逢ったことはないのだから、女になった私を通して、私の中にいる生母を憎んだのでしょう。それに違いありません。

私が大切にそっとしまっていた生母の写真が、ふと見えなくなったのも、その頃でした。そしてそれは、小さく千切られて、風呂の焚口に捨てられてありました。

家にいて、配給を取りに行ったり、台所の手伝いをする生活が、だんだん重く、憂鬱になってきました。元の学校の友だちが、上の学校やおつとめに通っているのを見て、私は自分が惨《みじ》めで、たまらない気がしました。私は暇をつくっては、浅草の常盤《ときわ》座や松竹座へ少女歌劇を見に行った。もともと踊りは大好きだったし、そのひとときだけ、その世界に溺れられるのが、私には強い魅力だった。

翌年の三月から、やっとのことで、私は山手のある洋裁学校に通うことになりました。こうなるにも、一騒動あったのです。父に談判して、もし行かして呉れなければ、自殺するとまで言ったのです。定期的な生理変化のために、その日は私の気持はあらくれて、兇暴になっていたのです。私の生理は、人より長くて、ひどかった。むしろ病的だった。(しかしそれを母に知られるのを、私は極度におそれていた)結局、父は許してくれた。母は父の言に反対しないたちだったから、黙っていました。こういう事になるについても、私は自分の生理期間のあらくれた気分を、利用する下心がなかったとは言えません。こういう気持の時でなくては言えないと、胸の奥底ではっきりそう感じ、それをけしかける気持にさえなっていたのですから。

こうして私は毎日、洋裁に通うことになりました。二十二年の三月のことです。生活の変化が、とにかく私を元気づけてくれた。大勢の中に自分がいること、それが私には愉しいことに思われました。

この学校には、洋裁の他に、ダンス科というのがありました。若い女性の社交に必要だというたて前からだそうです。四月頃、友達に誘われるまま、私はその科に入った。そして私はまたたく間に、それに夢中になって行った。

私は上達が早かった。日本舞踊の素養があったせいもあるでしょうが、踊るということが本当に好きだったからです。踊ってる間は、何もかも忘れることが出来たから。忘れてその世界に没入出来たから。――一箇月経たないうちに、私は一通りステップが踏めるようになった。

その私をダンスホールに誘ったのは、上級生の人でした。永木明子という人です。こうして私は、銀座のメリイゴールドへ行くようになった。学校の粗末な教室で踊るのでも楽しかったのに、ここの床は磨いたようになめらかだし、立派なバンドさえあって、まるで夢の国のようだった。

ホールの入場料は、一人百二十円で、同伴は二百四十円でした。私は縫紙代とか糸代とか言って、父をだまして金を貰った。私がせびると、父は細かい事は聞かずに、面倒くさそうに大きな札入れから金を出した。洋裁課程の進行状態すら、訊《たず》ねようとしなかった。訊ねて呉れれば、いろいろ答える気持は私にあったのに。金を呉れると、私と向き合っている時間も惜しいように、また工場の方に出かけて行ったりするのでした。

午前中は学校でお講義だけ聞き、午後は明子さんに連れられて、毎日のようにホールにかよった。初めは私は、明子さんとばかり踊っていた。しかしその中に、方々の大学のダンスグループの人達と、顔見知りになってきた。毎日行ってるから、自然そうなってしまうのです。そしてその人達とも踊るようになった。大学のパーティの入場券なども、絶えず貰うようになった。六月頃には、メリイゴールドでは、お金を出さずに、ホールのボーイさんにそっと入れて貰える位になった。

明子さんが私を憎んでいると感じたのも、その頃からでした。私のダンス熱をあおったのは、いわば明子さんなのに、私がホールで他の人と踊っていると、いやな顔をするのです。自分もときどき大学生と踊るくせに、私が踊ると、厭味を言ったり皮肉を言ったりする。明子さんは頬骨が高く、頬にはそばかすがありました。スタイルは良かったけれども綺麗《きれい》な顔ではなかった。男の人たちは、かげで明子さんを「ジラフ」と呼んでいました。

明子さんは私より、ずっと年上だった。高慢なところがあるので、学校ではあまり好かれていませんでした。しかし私には、初めからやさしかった。学科の方の手伝いをして呉れたり、物を買って私に呉れたりした。私は明子さんに、別段どうという感じはなかった。私にやさしくなければ、むしろ嫌いな部類の人だったかも知れません。年長だから、従っていたに過ぎませんでした。しかし明子さんは、私を従えて、いい気になっていたところもあった。メリイゴールドへ私を連れて行ったのも、そんな気持からだったに違いありません。

ホールでそんな具合になった頃から、明子さんの親切は、へんに粘っこく、執拗《しつよう》になってきました。一緒に踊るときも、頬を必要以上にくっつけてきたり、私の腕をひどくしめつけて、私が痛がるのを気持好さそうに眺めたりした。私はだんだん、明子さんと踊るのが厭になってきた。三度に一度は、断るようにさえなった。明子さんには枯草のような体臭がありました。その臭いも、私は厭に思えた。母にそれに似た体臭があったからです。石女《うまずめ》の私の継母にも。

明子さんが私の母に、匿名の手紙を書いたのも、その頃だったのでしょう。その頃私と明子さんの間は、変にしらけて、また幾分険しくなっていた。何でもない友達の間柄でいたいのに、明子さんは私に、とかく粘ったからまりをつけて来ようとする。私はそれをいやがった。ある夜のことでした。ホールの帰りに私は明子さんから、人民広場に誘われた。話があると言うのです。もう時刻も、暗くなっていました。

私のことを、堕落してるとしきりに責めるのです。私は承服しなかった。男と踊るのが好きなのではなく、ただ踊るのが好きなんだ。そう言って抗弁したのです。それは事実でした。私はその頃、早くダンスが上達して、将来ダンス教師として独立したいとか、この道を生かして少女歌劇に入りたいなどと、本気で夢想していたのです。自分の好きな道で独立して、家庭から離れることが出来たら、どんなにかいいだろう。そう思っていた。

しかし明子さんはきかなかった。しつこく言いつのった。言いつのることで、自分の内部のものを、燃え立たせようとするかのように。そしてそれが最高潮に達したとき、明子さんは獣みたいな眼付になって、いきなり私の身体にかぶさってきた。そしてうめくように言った。濡れた頬が、私の頬に押しつけられた。

「お前は、うつくしい。お前は……」

お前、という言葉を使った。私はもう子供じゃなかったから、あの郵便局の時のように錯乱はしなかった。しかしいきなり自殺したくなるような、たまらない嫌悪感と屈辱感はあった。私は声を立てずにもがいた。彼女の枯草のような体臭が、はっきり臭いを強めてきた。女が発情すると、体臭が強くなるものだと、私はその時初めて知った。私は顔をそむけて、彼女を押しのけようとした。しかし彼女の力は強かった。

彼女の指が下着をわけ、私の肌にとどいたとき、私の心は嫌悪でまっくろになり、生きている人間全部を強く呪い憎む気持になった。彼女のその行為を支えるものが、人間同士の愛情ではなく、むしろ動物間の憎しみみたいなものであるように、私は感じたのです。人間の奥の奥底に、どろどろに淀みうごめくもの。自分を満たし、充足させるためには、他を卑しめ、おとしめ、傷つける。ほとんど憎しみと言っていい暗い衝動。ましてこれは、女同士でした。その感じは、直接で、きわめて露骨でした。私は芝生へ押えつけられたまま、烈しくあえいだ。海水浴で溺れかかった時のように、それよりももっと苦しかった。――そしてやがて私は、全身の力ではねのけると、脚で彼女の顔を蹴った。靴のままで力をこめて、二度も三度も。

そして私は、汗とも涙ともつかぬものを、顔いっぱいに流しながら、燈のある方面へ駆《か》け走った。

つまり私は無知だったのです。彼女がそういう目的で私に近づき、親切にしたということも、私は悟らなかった。ましてあちこちの洋裁学校には、そういう趣味の人がいて、洋裁もそっちのけにして、次々相手を物色していることも。そしてそういう慾望をそそるような顔貌や姿態を、私が持っているということも。女同士の頬ずりなども、単に友愛のしるしだと考えて、明子との場合も、気持の抵抗を私は打消していたのでした。そしていきなり、この夜の出来事です。明子にしてみれば、すべては熟したと錯覚したのでしょう。しかし明子の行為や仕草は、私の胸にいきなりどろどろの嫌悪を植えつけてしまった。――しかしそれにも拘らず、明子の不潔な指の動きは、ほんの一瞬ではあったが、私の胸の嫌悪と屈辱から、肉体の感覚をとつぜん裏切らせていた。これは書いておかねばならぬ。私の肌はわずか濡れた。――それを知覚した瞬間に私は彼女の顔を蹴り上げていたのです。必死の力をこめて。

私はその夜床に入って、長いこと眠れなかった。むこうの部屋に父母が寝て、こちらに私は一人寝るのです。私は私を女の身体に産んだ父と生母のことを思い、今父に添寝する継母のことを思った。さまざまな強く烈しい感じで。また郵便局の主任の顔や、初潮の時の継母の顔を思い出した。考えて見ると、あの陰惨な煙や火焔や、溺れて水ぶくれした屍や、赤剝けして男女の別もない屍がごろごろ転がっている状況の中で、私が初めて、女になったということは、なんと暗くかなしいことだったでしょう。わめき出したいような気持をこらえて、私はいつまでも眼を見開いていた。そして私は、お前は美しいと言った明子のうめき声すら、ちらちらと思い出していたのです。倉庫で乱暴しようとした郵便局の主任も、それと同じようなことを言ったことなども。

翌日から、私は明子さんと口さえきかなかった。明子さんは顔に擦り傷をこさえていた。彼女は私を見ると、さげすむような冷たい黙殺の仕方をした。かげでは私を中傷して歩いていたのです。学校の仲間や、ホールの人たちにも。淫乱な女だと言うのです。ホールである大学生と踊っていると、あまり変な踊り方をするので、私がなじると、その大学生はいやな笑い方をしながら、下品な口調でこう言った。

「こんな踊りが、君は好きだってえじゃねえか。ジラフがそう言ったぜ」

母に匿名の手紙を書いたのも、明子さんに違いありません。私はそれを火鉢の引出しから見つけ出したのです。ずいぶんひどいことが書いてあった。ホールに通ってることは勿論、男に見境いなく身体を許すとか、そんなことまで書いてあった。私が慄然としたのはその手紙の内容でもなく、それを書いた明子さんの気持でもなかった。この手紙を読んで、しかも母がつめたく黙っているということでした。

母は近頃、あまり私にかまわなくなっていた。やって呉れねば自殺すると言って、やっと洋裁に通い出したその頃からです。生理期間の私のヒステリー性を、あるいは母は見抜き、すこしおそれていたのかも知れません。それ以後は、私の動きや変化を、つめたく見守る態度に出ていました。私の直接的な反撥の機会を、母はこの意地悪い方法で封じているようでした。

その手紙を盗んで、私は便所でそっと焼きすてた。家の中にこんな手紙があることが、私にはたまらない気がしたのです。たとい母に知れようとも。手紙に火を点けながら、私が本当に堕落するのを、母はむしろ待望しているのではないかと、私はふっと考えた。安心して生きて行ける場所が、世界中どこにもない。そういう思いが、私の胸に荒涼とひろがった。やがて私は痴呆みたいな笑いを浮べて、便所を出てきた。

学校もあまり面白くなくなった。学科も遅れるし、親しい友達とも隔てが出来てきた。ホールには相変らずかよっていました。時間をつぶすためにも、自分を忘れるためにも、好都合な場所だったからです。しかしホールでも、古くからの友達は皆、私から離れるようになった。永木明子の中傷が、そこにも行き渡っていたのです。人間というものは、自分も悪党のくせに、他人の悪なら少しでも許容しないもののようでした。

他人の悪を卑しめ批難することで、自分の悪を正当化し合理化しようとするのです。だから人間は自分の生活の周囲に、神様への申し訳にささげるいけにえの小羊を、かならず一匹用意し、設定しているものなのです。彼等にとって、この私は、頃あいの小羊でした。なまじ少しばかり学問して、教養をつけたとうぬぼれている人々も、皆例外なく、このような無自覚なエゴイストでした。中傷家はその心理をよく知り抜き、そして煽動するのです。私は中傷家というものを、心から憎みます。

こうしてホールで、私とズベ公のつき合いが始まりました。

ズベ公というのは、不良少女のことです。いえ、そうじゃない。ズベ公とは、自分を不良少女だと、はっきり決めた女のことです。たんに不良というならば、上品な顔をして、もっとあくどく不潔なことをしている女もいる筈でしょう。ズベ公はもっと清潔でした。たとえば永木明子のような女より、ずっとさっぱりしていました。

ホールには、何人かこのズベ公が出入りしていました。自然に私はこの人達に近づくようになった。つき合いの、ピラピラした虚飾がないだけでも、私には気楽でした。上野のチコというズベ公と、私は仲良くなりました。チコは私と同じ歳だった。青い上衣がよく似合う顔立ちだった。お父さんは有名な洋画家だけれど、家がいやで飛び出したという話でした。そして私はチコに誘われて、やがて上野界隈《かいわい》まで遊びに行くようになった。上野には、また銀座とちがった、ヒリヒリするような生の刺戟があった。

チコは私を仲間に紹介して呉れました。一度紹介されれば、気楽に友達になれた。この世のわずらわしい約束から、追い出されたり逃げ出したりした女たちだから、そういう点ではこだわりなく、透明でした。私には初めてのぞき見た、異質の世界だった。

ズベ公たちは、日暮里《にっぽり》とか松戸とか、あちこちの宿屋に、八人十人とまとまって、泊っていた。昼は上野地下道の青柳という喫茶店に屯《たむろ》し、そこを根拠地として、お金がある時は映画を見たり、ダンスホールに行ったり、ボートに乗ったりして遊んでいた。夜になると煙草を売ったり、アイスキャンデーを売ったりして、小遣いをかせぐのです。その頃はまだ、世間に煙草が乏しい頃だった。だからズベ公たちは、近所の煙草屋にわたりをつけてピースやコロナを公定で手に入れるようにしていた。パンパンをからかったりしている男たちに、一本十円くらいで売るのです。パンパンが、あんた買ってやりなさいよ、と言えば、こんな処《ところ》にくる男はみえぼうだから、大てい黙って買う。一箱で、四五十円の儲《もう》けになるのです。

また金がないと、グレン隊に小遣いをたかったり、ズベ公の姉御ともなれば、パンパンのかすりも入る。そのかわりズベ公たちはおのずから情報網をつくって、パンパンにカリコミの時を知らせたり、パンパンに悪ふざけをするひやかしを、追っぱらってやったりするのです。上野の山で生活している人々は、皆何かしらつながりを持ち、そのつながりの中でおのおの職分を持っていました。女学校でならった蟻《あり》の世界を、私は聯想しました。女王蟻や、働き蟻や、見張りの役目をする蟻。ひとつの巣の中での、定められた職分。そうです。上野というところは、自然に形づくられた、ひとつの大きな巣でした。

しかしこんなことは、ずっと後になって、私がズベ公の仲間入りをしてから、判ったことでした。その頃はなにも知らなかったのです。私はチコやその仲間の生活、自由にふるまい、誰からも束縛されない生活ぶりに接して、なにかしら羨望をかんじた。上野は恐いところと、雑誌でも読み、人からも聞かされていたのが、思いの外伸び伸びして、暮しやすい場所であることを、私は漠然と知り始めた。上野のズベ公とつき合うようになったのも、学校やホールの友達が、私をのけものにしたその反動もあったが、ズベ公たちに共通な性格や物の考え方が、私に強く共鳴できるせいもあったのです。この人たちは、精神のよりどころを失いながら、なお気持を張って生きて行こうとしていました。ズベ公はズベ公だけで寝泊りして、決してパンパンをやらないのが誇りでした。

私がズベ公とつき合ってるという噂が拡がって、昔の友だちはますます、私から遠ざかった。しかし私はまだズベ公じゃなかった。ズベ公と自分を呼ばれたい気持も、全然なかった。ただ生活が満たされないままに、つき合っているに過ぎませんでした。

そしてやがて夏休みがきました。夏休みに入ることは、洋裁学校から父兄へ通知がゆくので、ごまかしがきかなかった。暑い日を毎日家にいて、遊びにくる友達もなく、私は退屈な面白くない日をおくっていた。父は相変らず忙しそうだったし、母もいつもと同じくつめたかった。しかし毎日叱言《こごと》は言った。前に書いたように、この頃の母は、大本《おおもと》のところでは私を叱らなかった。黙ってつめたく見ているだけでした。そのくせ小さなことばかりを拾い上げて、私をしきりにとがめた。たとえば、足の拭き方が悪いとか、栄養があるのに大根の葉っぱを捨てたとか。行為や動作の末端ばかりを、責めたててくるのです。私たちの日常の大部分は、おおむねそんなもので構成されているのですから、それは私にやりきれない日々の連続でした。

だから軽井沢の親戚から、引越しの手伝いに招かれたときは、ほんとに嬉しかった。

この親戚は、戦時中そこに疎開していて、こんど東京に戻って来ようというのでした。父の許可を得て、私はすぐ出発した。八月七日のことです。

むこうには、本郷の中野宗一さんも来ていました。三月十日に焼け出されて、半年ばかり厄介になった、本郷の遠縁の家のむすこさんです。歳も私より四つ上でした。海軍から帰ってきて、今はもとの大学に通っていました。色の浅黒い快活なひとでした。私たちが厄介になっていた頃は、海軍に行ってた訳ですから、逢うのも四五年ぶりでした。大へんなつかしい気持でした。

荷造りの手伝いをしながら、宗一さんは戦争の話などをして呉れました。軍艦に乗組んで、それはひどい戦争だったそうです。その艦が沈められて、たすかった八名の中に、宗一さんは入っていました。宗一さんは笑いながら、私に力強く言いました。

「もうどんなことがあっても、戦争だけは止そうな。マリちゃん」

この四五日の間に、私は宗一さんをすっかり好きになっていた。初めは淡い思慕だったが、一日一日その思いはつのってきた。私は私の本当の苦しみを、聞いて呉れる人がほしかったのです。そして私の心の疲れや汚れを宗一さんなら救って呉れるだろうと私は率直に信じた。これは私の感傷だったでしょうか。

しかし、この一週間ほどの私の気持の動きは、私はあまりくわしく書きたくない。書くと感傷的になったり、嘘になったりしそうだから。しかしこの期間、私は本当に素直になり、純粋な気持になり得たと思う。生れて初めての透明な幸福感が、私にみなぎっていた。そしてあの汚れた東京にふたたび帰るのが、いやになっていた。と言うより、東京での汚れた自分や環境に立ち戻って行くのが、ぞっとする程いやだったのです。何かに祈るような気持で、私は自分の心を宗一さんに近づけて行った。そしてついに宗一さんも、私の気持を知ってくれた。

十三日のことでした。裏庭の竹垣のところで、世間話のつづきとして、私は自分の苦しみを宗一さんに話し始めた。話してる中に涙が出てきて、私はとうとう泣きじゃくりながら、すべてを打ちあけてしまった。母親のこと、ホールのこと、上野のこと。こんな自分を救ってくれということ。そして私はいつの間にか、宗一さんの広い胸幅のなかに、身を投げかけていた。私はつよく抱きしめられていた。弾力のある熱い唇が、私の唇をいきなりおおった。女と生れたことの戦慄が、初めて痛烈に、快く身体をつらぬき走った。私の全身は、火となった。

そして翌日があの八月十四日です。荷物の整理も一段落ついて、宗一さんは朝の中に、沓掛《くつかけ》から浅間の鬼押出《おにおしだし》を見物に行くと言って、出てゆきました。荷作りがすんだら行くんだと、宗一さんは三四日前から言っていたんです。私もついて行きたかったが、止しにした。昨日のことが、なんとなく恥かしかったからです。だから宗一さんが、どんなコースをとったか判らない。

行ってみるとそこから浅間山が、手に取るように見えたので、きっと宗一さんは頂上まで登りたくなったのでしょう。それから元気にまかせて、独りで登って行ったのでしょう。可哀想な宗一さん！

そして頂上についた時、あの突然の噴火でした。宗一さんはいきなり煙にまかれ、石に打たれ、火に焼かれて、そしてとうとう死んでしまったのです。

それから大騒ぎになりました。本郷の家に電報が飛びました。親戚の小父さんや私たちは、土地の人の案内で、浅間に急行しました。まだゴウゴウと山は鳴っていました。しかし私たちは登った。頂上近くなるにつれて、まだすさまじい山鳴りと共に、石が降り、灰が舞い落ちた。地につもった火山灰は、はだしで踏めないほど熱かった。鼻を刺す煙にむせびながら、三日間夜もろくろく眠らず、私たちは足を棒にして、気違いのように宗一さんの死骸を探してあるいた。四日目の朝、やっと宗一さんの死骸は見つかった。それは頂上近くの暗い岩かげでした。

大きな岩かげに、写真にある胎児のような形で、手足を丸くちぢこめて、宗一さんは死んでいました。火熱のために衣服は焼け落ち、皮膚も変色し、変形していました。腕に埋めた顔のかたちも、そうでした。唇のあたりも、焦げた肉のかたまりに過ぎなかった。そして顔面の焦げた肉の配置に、苦痛の表情がむき出しに残っていた。あの弾力のある熱い濡れた唇は、どこに行ってしまったのだろう。そしてあの広い胸幅や、汗ばんだ体臭や、思いやりの深そうな聡明な瞳は。私はくらくらと眩暈《めまい》がして、眼先がまっくらになり、まだ熱い火山灰のなかに、ふらふらと前のめりにぶっ倒れた。もうこのままで死んでしまいたい。わずかに残った意識で、そう必死に念じながら。

しかし私は生きていました。そして小父さんにたすけられて、やっと山を降りた。二日ほど経って、宗一さんを骨にして、みんな東京に戻ることになりました。

それは暑い日でした。その上、汽車は満員でした。連日の疲労、暑熱、それに加えるに汽車の酔い。悪いことには、あのショックのために、身体が変調して、私に生理日が始まっていたのです。人いきれの中に、しかし私は辛抱して立っていた。宗一さんのことばかりが思い出されるのでした。あの日接吻したあとで、宗一さんは私の頬をはさみながら私の顔をとてもきれいだと賞めてくれました。その時は私は単純にうれしかった。涙が出るほどありがたかった。しかし、私は既にその頃、自分がきれいに生れついていること、自分が男から好かれる顔立ちであることを、はっきりと意識し、自覚していたのです。宗一さんに教えられるまでもなく。――それなのに、どうして宗一さんの言葉が、私に強くひびいたのでしょう。

もちろんそれは、私が宗一さんを愛慕していたからだ。しかしその愛慕も、今思うと、決して偶発的なものではなかったでしょう。私は私の内部にみにくく折れ込んだもの、どろどろに淀んだものを、一瞬にして透明なものに変える力を、切に欲していたのです。宗一さんとの出会いは、その最も適した条件のもとだった。東京から離れた高原だし、私自身もわけの判らない混迷した危機を、感じ始めていた時だったから。だから私は、宗一さんの言葉に、強くおののき、懸命にすがる気になった。

それなのに、その宗一さんはどうなったでしょう。あの浅間の岩蔭で、あぶられたスルメみたいに丸くなり、いまは白い骨片になって、網棚に乗せられている。汽車の暑熱のなかで私はその気持の落差を、必死に耐えようとしていた。人いきれ。むんむんする体臭。汽車の動揺。車体の軋《きし》り。寝不足からくる疲労。そして生理的変調がもたらす、下腹部の不快感。——この汽車に立ちつづけた何時間かのあいだに、私は私の心の内部のものが、つぎつぎ傷つき、出血し、つめたくなり、やがて死んでゆくのが判った。

上野に着くと、私たちはまっすぐ本郷の家に行きました。時間が知らせてあったので、もう親類がたくさん集まっていました。家から父も母も来ていた。簡単な読経がすむと、お酒や料理がでて、お通夜みたいな形になりました。お酒がはいると、座はだんだん賑かになりました。私は疲れていたが、部屋のすみにいて、皆の様子を眺めていた。食慾も何もなかった。身体は疲れていたけれども、神経は冴えていて、遠くの人の話し声もはっきり聞えるようだった。賑かになってくると、悲しそうな雰囲気は、何時の間にかどこかに行ってしまった。宗一さんの死亡が、新聞に出たことなどが、しきりに話題になっていました。どの新聞の記事が大きかったとか、どの新聞のは一段組で小さかったとか。火山の爆発で死んで、そのため新聞に名前が出たことを、皆がよろこんでいるようにも見えました。みんな楽しそうに酒を飲んだり、料理を食べたりしていました。何故人間というものは、たとえば、結婚披露などの宴会よりも、お通夜の宴会のときの方が、楽しそうにおしゃべりになるのでしょう？　そして、他のときより余計に、飲み食いしたりするのでしょう？

私の父が酔っぱらって、端唄《はうた》かなにかをうたいました。みんなが手を叩きました。その時、親類のひとりのお爺さんが、こんなことを言いました。

「宗一君の顔かたちは、鷹野（父のこと）の若い頃にそっくりだったな。遠くても、血のつながりというものは、争われないものだなあ」

座の老人たちは、皆それぞれにうなずき、その言葉に賛成した。父と宗一さんとは、ふた従弟《いとこ》になるのです。若い頃の父が宗一さんに似ているというその言葉は、なぜか私をぎょっとさせた。胸がどきどき鳴ってくるのが判った。——しかしその、似ているという事実は、私には初耳だった。知らなかった。いや、知らなかったのではない。気づいていなかったのです。その癖私は、家にあるアルバムで、父の若い頃の姿や顔かたちを、よく知っていたのです。そう言えば、どことなくそっくりだ。よく似かよっている。私がぎょっとしたのは、しかし二人が似ているという、その事実ではありませんでした。それは鷹野家の遺伝の因子が、分れた枝の二箇所に、偶然（？）に相似した果実を実らせただけのことでしょうから。——私がショックを受けたのは、その相似を、その時まで、気づかなかったという事でした。なぜ気がつかなかったのだろう。何でもないことかも知れませんけれど、その事はふいに激しく私の疲れた神経をゆすってきた。私はきっと蒼ざめていたのだと思う。私の側に坐っていた高井戸の従妹が、顔色が悪いから気つけにと、そっと湯呑みに酒を注いでくれた。私はそれを飲みました。酒を口にしたのは、これが初めてでした。

その上空《す》き腹だったので、私は直ぐに酔ったのでしょう。情緒が急にするどくたかぶってくるのが、自分でもはっきり判った。

母もすこし赤い顔になって、酒を注いで廻っていました。それまであまり気にとめなかったが、紋服を着た母の姿が、俄《にわ》かに馴染みなく、いやらしいものに感じられてきました。薄く刷《は》いた襟白粉だの、どうかした拍子にくっきりする、黒い絹地におおわれた臀部《でんぶ》のあらわな曲線など。母は肥《ふと》り肉《じし》でした。少し酔ったためか、私はその母の肉体が、ぞっとするほど厭らしく、憎らしく思われた。おのずから私はするどい眼つきになっていたのでしょう。しかし母がそれに気づいたかどうかは知りません。私の三人むこうに、宗一さんのお母さんが坐っていました。私の母はその前に坐って、なにか世慣れた調子で、おくやみか慰めかを言っていた。

「うちのマリ子が死ねばよござんしたのに、宗一さんのような将来のある方が、あんなことにおなりになって——」

宗一さんのお母さんも、何か答えてる風《ふう》だった。私のことに、話が移ったようだった。

「……ダンスホールなんかに——」

母のその一句だけが、はっきり耳に入った。母は上気した横顔をみせて、頬に厭らしい笑いを浮べていた。そしてとうとう、私の方をちらと見もせずに、又立って行った。

夜の九時頃、私は父と帰ることになった。母は残って後かたづけです。酔った父によりそって、夜風に吹かれて家の近くまで来たとき、私は急に情が激してくるのを感じました。私は黙りこくって、あるいていたのです。父は酔っぱらって、低声で歌などを口吟《くちずさ》んでいた。私は言いました。

「お父さん。お母さんと別れて！」

突然だったから、父は少しびっくりしたようでした。そして立ち止って、

「なんだ。またヒステリーが起きたのか」

と半ば紛らすように、半ばなだめるように答えた。この四五日の気持の辛さが、その時かたまって、無茶苦茶にこみ上げてきて、私は泣き声を立てながら、父の身体にぶっつかって行った。

「あたし、このままだと、不良になっちまう。ほんとに不良になっちまう！」

父は私の身体を、一度はふり払おうとした。しかし私があまり泣き声を立てたものだから、掌を廻して私を抱くようにした。瞬間私は父の体臭を嗅ぎ、そして背中に父の厚い掌をかんじた。幼い時、父に抱かれて寝た時の感覚が、急に私によみがえって来ました。しかし父は直ぐ、その私の身体を、持て余すように押しのけながら言った。

「みっともない。泣くのはお止し！」

押しのけることで、私を泣き止ませようとしたのでしょう。酔いにもつれた声だったけれど、つっぱねたような言い方だった。私は泣き止んだ。ふっと涙が乾いて行った。父の声の中に、私の気持にはほとんど無関心な、他への体面だけを気にしている響きを、はっきりと感知したからです。工場で怠けてる職工を叱りつける声と、それはほとんど同じ響きだった。涙が乾くのと一緒に、私の心からも水気が引いて行った。私は家へ帰りつくまで、ガタガタと慄えていた。

翌日から四五日、私は熱を出して寝込みました。医者の見立てでは、疲労からくる発熱でした。その夜のことを、父はどう思ったのか知りません。翌日からの私への態度も、別に変化はありませんでした。あるいは父は覚えていなかったのかも知れない。酔った時のことを、すっかり忘れてしまうのが、父の癖だったから。——しかし熱に伏したこの四五日の間に、家を出たいという気持だけが、ぼんやりした形で私の胸に起伏し始めていた。そしてその気持は、だんだん強まって行くようだった。家を出てどこへ行くのか、どうしたらいいのか、それは私には判らなかったし、考えもしなかった。衝動みたいな形でそれは時々私を襲った。

そして二学期が始まった。私は再び洋裁に通い始めた。そして気がついたのですが、嘘みたいに、踊りに行きたいという気持が、私から無くなっていました。真面目になったわね、とお友達にからかわれたりしたけれど、真面目になろうと思ってメリイゴールドに行かなかったのではありません。すっかり興味がなくなっていたのです。それはふしぎなほどでした。

そして九月十四日の朝のことでした。私は母と小さないさかいをした。犬に餌をやらなかった、というようなことです。母が可愛がっていた犬でした。餌をやるのは、しかし私の役目だったのです。へんてつもない、醜い犬でした。二言三言いいつのって、私はカッとなって口走った。

「あたし、ダンスホールなんかに、行かなくってよ！」

どうしてそんな言葉を口走ったのか、今でも私には判らない。母はつめたく言い返した。

「犬とダンスホールと、何の関係があるんだい」

しかし母は私の顔を見て、急に目を吊り上げたようだった。

「おや、お前。わらってるね！」

私はわらってなんかいなかった、決して。しかし母は立ち上って、いきなり私の頰を物さしでピシリと打った。しびれるような痛みが、頰から耳にかけて走った。

三十分後、私は父の机から三千円持ち出した。そして家を飛び出した。もう帰らないつもりでした。それなのに私は、どういう気持だったのでしょう。手帳を破って書置きをつくり、肉屋の源坊という子に託して、父のもとに届けさせようとした。内容は、家を出るということ、松戸の友達の家に泊るつもりでいること、心配しないで欲しいこと、などでした。源坊にはくれぐれも、父に直接手渡して呉れ、とたのんだのです。松戸の友達、などと書いたのも、行先きがあるということで、私は父を安心させようと思ったのかしら。それとも——松戸まではるばる探しにくる父の姿を、私は漠然と予想し、無意識にそれを待望していたのでしょうか?

私は映画を見て時間をつぶし、夜になって松戸に行った。チコのところに行くつもりだったのです。松戸の駅に降りたとたん、私は摑《つか》まってしまった。中野の小母さんと、高井戸の卓ちゃんです。私は両腕をしっかと摑まれて、また戻りの電車に乗せられた。

黙りこくって電車に揺られている私に、中野の小母さんが言いました。

「お父さんはまだ知らないのだから、安心おし」

あれほど頼んだのに源坊は、父の姿が見当らなかったので、母に渡したらしいのです。母は父に知らせずに、親類をたのんで、松戸駅に待ち伏せさせたのでした。中野の小母さんは、なおもくどくどと、私をなだめたり、さとしたり、脅《おど》したりしました。私が父と合わなくて家を飛び出したと思ってるらしかった。その口説の果てに、お前のほんとのお母さんもこんな失敗したのだ、という意味のことを口辷《すべ》らした。私はすぐ聞きとがめた。

「小母さん。それはどんなこと？」

小母さんはあわてたように、口をつぐんだ。そして取ってつけたように、語調を変えた。

「とにかくお父さんを怒らせないがいいよ。今まで育てて呉れた恩義もあるじゃないか」

「親が子を育てるのは、あたり前よ！」

と私は言い返した。しかし私の生母になにか秘密があるらしい事を、私はその時うすうすと知った。しかしそれが何であるかは、この上申書を書いてる今も、私は全然知りません。生母は私が四つの時に死にました。父はその死床で、人目もかまわず、おいおいと泣いたそうです。これも人聞きだから、どこまで本当か判りませんけれど。（もっともその話を聞いた時、女学生の頃だったが、私も涙が流れて仕方がなかった）

こうして家出は失敗に終った。父にはとうとう知られなかった。しかし中野の小母さんたちの附添いで、母の前に手をついて、以後こんなことをしないと誓わせられた。私は涙を流した。あの書置きが母の手に入ったということが、耐えがたく口惜しく、辱しめられた気持だったからです。しかし皆は、私の涙を見て、満足したようでした。

父には知れなかったから、学校を止める羽目にはなりませんでした。しかし洋裁にも、私はだんだん興味をなくしてきました。洋裁を覚えたって、仕方がない。そんな気持でした。学科をさぼって、上野や浅草で遊びくらす日が、しだいに多くなってきた。

そんなある日、上野でバッタリと、幼なじみの男の子と逢いました。日野保という子です。荻窪に住んでいた頃ですから、七つ八つの時分の幼友達です。保は身体こそ大きくなっていたが、顔は子供のときのままでした。額の出た、目のくるくるした顔立ちです。保の身上話では、ほんとの両親は死んでしまって、継母と暮しているうちに戦災にあい、埼玉県へ継母と疎開していたのだけれども、居辛くなって飛び出してきたという話でした。後で知ったのだけれども、保は上野でチャリンコで生活していたのです。なぜ居辛かったのか、保は話さなかったし、また話したがらぬようだった。強いて訊ねると、その愛嬌のある顔に、ふっと暗いものが射《さ》して口をつぐんでしまう。

幼いとき仲の良かった間がらなので、私たちはすぐ親しみが戻ってきた。そして時々上野で逢って、いっしょに話したり、映画を見たりしました。またチコやその他のズベ公とも、再びつき合うようになった。学校なんかには、すっかり身が入らなくなってしまった。

暮れが迫ってきて、寒い日のことでした。私は母から銀行の金を下げに行くことを言いつかって、昼頃銀行に行きました。そしてその帰り途《みち》、つい上野に寄って遊んでしまった。前々日から、保との約束もあったのです。そして家に戻った時は、もう暗くなっていた。私はそっと勝手口から入った。電燈はついているのに、家の中はしずかでした。

私はそっと唐紙《からかみ》をあけた。そして眼がクラクラとした。父と母の厭なところを見てしまったのです。私はどうやって唐紙を閉めて、自分の部屋に来たか覚えていません。にがい水のようなものが咽喉《のど》にからまって、胸が熱く引裂かれるようだった。

しばらくして、母がそっと私の背後に立ったようだった。いきなりお下げの髪を握って、うしろに引き倒された。母は蒼ざめて、手に物さしを握っていた。そして私の捲《めく》れたスカートの、裸の太股を、あざになるほど打った。

「今まで、どこで遊んでた。お父さまの工場で、直ぐ要る金じゃないか。それを今までウロウロして！」

　向うの部屋には、父がいる筈なのに、止める声もしませんでした。スカートはすっかり捲れ上り、私の太股はきつく打たれて、物さしは二つに割れた。

「またダンスをやってたんだろ。変な男と、遊んでたんだろ！」

　母は口汚なく罵った。私を罵るというより、向うの父に聞かせるような響きを感じると、怒りと屈辱が火箭《ひや》のように私を貫いた。私はぶるぶると慄えた。母がこんなにつけつけと私を罵ったのは、これが初めてだった。いつもの冷たさを、どこかに置き忘れているようだった。しかし父の部屋はしんかんとして、何の気配すら起らなかった。そのことが私を参らせた。私はあえぎながら、打たれるままにされていた。嘔吐《おうと》がこみ上げそうで、たまらない気持だった。せめて父が出てきて、止めはしないまでも、一緒になって殴って呉れた方が、まだしも私は救われただろうに！

暮れが終って、正月に入った。静かな乾いた怒りが、私の胸の奥でつづいていた。正月も面白くなかった。三日のことでした。小遣いをためた五百円と、着換えの服一揃いを持って、私は第二回の家出をした。どこへ行くというあても無かったが、困ったら上野に行って、チコ達に相談したら、どうにかなるだろうと思った。

浅草公園に先ず行きました。すると大勝館の前で、ぱったりと保に会った。近所の汁粉屋で汁粉をすすりながら、私は家を飛び出したことを保に打明けた。すると保は眼をくるくるさせながら、偉そうな口調で、

「家出はいかんな、家に帰った方がいいぜ」

と私に意見がましいことを言った。私はしゃくにさわって、保だって家出してきたんじゃないか、と言ってやった。すると保はかなしそうな顔をした。

「誰が何と言ったって、あんな家に帰ってやるものか。とにかくあたしを、あんたの所に連れて行って！」

保はとても困った顔になって、腕を組んで考えていた。幼なじみの私を、あんな世界に引き入れることを、保はひどくためらい、心を決めかねる風《ふう》だった。しかし私は強引に

押し、保をしぶしぶ納得させた。

とにかくその夜は、平井の保の友達の家に泊めて貰った。翌日から保やその友達と一緒に、北千住や越ヶ谷の宿屋を泊り歩くようになった。そして保たちがチャリンコであることを、初めて知った。しかし私はそれほど驚かなかった。保たちは、昼はチャリンコで稼ぎ、夜はバクチを打ちに行くのです。彼等の首領は、浅川と言って、二十五六の男でした。あとは皆、私と同年輩か、私より歳下でした。私より歳下のくせに、えらそうに大人ぶって、世をなめたようなことを言ってるけれども、みんな本音のところでは淋しく、人の愛情に飢えていました。浅川だけは、年長だから、別でした。

浅川はちょっと見ても、ひややかな感じのする男でした。海軍の特攻隊の生き残りだということでした。海軍帰りだということが、私に宗一さんを思い出させた。すべすべした皮膚をした、おどろくほど機敏な動作ができる男でした。頭から耳にかけて、うすい傷痕があった。機銃弾がかすった痕《あと》だそうです。皆は浅川をこわがっていました。浅川の性格につめたいところがあったからでしょう。不思議なことには浅川の顔は、ひとりでぼんやりしてる時は、澄んで淋しそうに見えるのです。ところがその顔が笑いを浮べると、急に冷酷な感じをたたえてくるのでした。笑いの顔における位置が、ふつうの人と逆になっていました。皆はその笑いをこわがっていた。しかし、浅川は、私には割合に親切でした。

あちこち泊り歩いている時も、保は私のことをしょっちゅう気にかけて、早く両親にあやまって家に帰れ、と暇さえあれば意見した。浅川兄貴はこわい男だから、などとも言いました。浅川が私に親切なのを、心配もしたのでしょう。とうとう或る日、そんな事で言い合いをした。

「うるさいわよ。ほっときゃ良いじゃないの。なにさ、自分もチャリンコの癖に！」

そして私は飛び出して、上野に行った。保たちの仲間は、みんな男だから、夜バクチへ行く時などに、私をのけものにするのが、私には面白くなかったのです。

上野に来て、私は顔なじみのズベ公たちを探した。そして訳を話して、仲間に入れて呉れと頼んだ。松戸のチコは、その頃家に連れ戻されたという話で、上野にはいませんでした。そして私は、鶯谷《うぐいすだに》の大和寮という宿に連れて行ってもらった。そこはズベ公たちが、女だけでかたまって住んでいる溜りでした。そこでも姉さん達から、口々に、ふた親のあるものが家出なんかするもんじゃ無い、直ぐあやまって家に帰れ、と意見された。しかし私は何も言わずに、そこに居坐っていた。姉さんたちの意見も、通りいっぺんの定り文句らしく、居坐ってしまえば、誰もしつこくは言わなくなった。そんな点は、さっぱりしていた。

ズベ公たちには、特別の気風や習慣があって、一緒に住んで寝起きしていても、ほんとうに自分の組の者でなければ、自分のやってる事も言わないし、他の人のことを詮索《せんさく》したりもしなかった。組をつくっていて、組以外の者にたいしては、冷淡なほど無関心でした。生活の表面でつき合い、触れ合ってるだけで、深いところまで手をさし伸べることは、決してなかったのです。（組に入れば、別ですが）

だから、大和寮に寝起きするようになっても、ズベ公としては新米の私は、どうやって皆のようにお金を稼いで、生活をして行けるのか、てんで判らなかったし、見当もつかなかった。誰も指導して呉れなかった。結局、見よう見まねで、上野にくる虎やんというタバコ売りの男に頼んで、タバコを売らして貰ったり、上野や浅草の露店の手伝いをしたりするようになった。そんなことで、日に四五百円は入るようになりました。私一人ですから、これだけあれば、ドヤ賃もふくめて、けっこう楽に暮して行けた。金が余っても、貯めておく気にはなれなかった。みんな飲食や服装費に費ってしまった。明日のことを考えず、私は浮草のように生きていた。私にはそれが一番楽な姿勢でした。

三月頃だったか、仲間のあるズベ公が私にあんたの彼氏が摑《つか》まって、川崎の新日本学院に入れられてる、と教えて呉れた。彼氏というのは、日野保のことです。べつだん彼氏でも何でもないのだけれども、あれからも時々逢ったり、連れ立って遊んだりしてたから、そう見られていたのでしょう。それを聞いて四五日経って、私は川崎まで面会に行きました。

　保はひどくやつれて、元気がなくなっていました。くりくりした眼が、なおのこと大きくなって、ぎょろぎょろしていた。その顔に似合わず、態度はたいそう神妙で大真面目でした。仲間の大半はアゲられて、あちこちに収容されたのだそうです。そして沈んだ声で、

「君もどうか家に帰って、まじめにやって呉れ。おれも今、まじめになることを、ほんとに考えているんだから」

というようなことを言った。あの愛嬌のある顔立ちや性格の幼ななじみの保が、やつれた姿でこんなことを言うのを聞いて、私はとつぜん涙が出て来そうになった。すると保は燃え上るような表情になって、その大きな眼に涙がいっぱいあふれてきたようだった。

「お、おれは、マリちゃんが好きなんだ。ほんとに心から好きなんだぜ！」

　保は掌で眼ややせた頬をごしごしこすりながら、乱れた声で言った。

「だから、だから、家へ帰って呉れ。ほんとにまじめになって呉れ！」

　言いようもない悲しさと淋しさが、いきなり私の胸に突きささって、私もすこしかすれ声になった。七つ八つの頃、鬼ごっこやメンコ遊びで無邪気に仲良かった二人が、今こんな形で会っていることが、私にはたまらなく哀しかった。歳をとるということは、大人になって行くということは、何と苦しく、残酷なことでしょう。

それでも保の言うように、私は家に戻って真面目にはならなかった。相変らず上野で生活していました。しかし川崎の保のところには一週間に一度か十日に一度は、かならず土産をもって面会に行った。保が可哀そうだというよりは、失われそうになっている自分の内部のものを、それによって私は確かめたかったのです。保の顔を見ている時だけは、浮草のような自分の生活に、私ははげしい自責と嫌悪をかんじることが出来たから。

五月になりました。すっかり暖かで、いい陽気でした。

そんな或る日、上野の駅内で、私はばったりと肉屋の源坊に会いました。あの書置きを頼んだ、十六の少年です。私はひどくなつかしい気がした。私が変ったのに、源坊はびっくりしたようでした。源坊は、私の父に頼まれて、私を探していたのです。父の手紙を、ポケットに持っていました。

私は源坊をつれて、上野の山に行った。歩きながら、家のことを色々聞いた。父は私の家出いらい、すっかり元気をなくしてしまったそうです。私のことだけでなく、事業が急に不振になったせいもあるようでした。白髪《しらが》がふえたという源坊の話を聞いて、私はすこし胸が苦しくなった。父は警察に捜索願いは出さず、源坊などに頼んで、私を探させているらしかった。新聞種になるのが、父には一番こわいのでしょう。体面ということが、父の生活感情の大部分を支配しているのだ。私のことを本当に思っているのではないんだ。

そうは思いながら、父の手紙を開いた時、やはり私は、ひとつの感情で切なく胸が潰《つぶ》れるような気がした。

「父はお前のことで後悔している」

手紙はそういう文句から始まっていた。特徴のあるその字を見ただけで、私は父の息吹《いぶ》きを感じ、体臭を嗅ぐ思いがした。両親とも後悔しているから、帰ってこいという文面でした。この数箇月家を離れ、家のことを忘れようとした結果、私の気持も少しはやわらぎ変化してきてはいました。しかし気持はどうともあれ、私の乾いた頭脳は、父のその文言にもはっきりと嘘をかんじた。私はするどい眼つきになって、源坊にただした。

「お父さんやお母さんは、後悔してるんだね。本当だね？」

源坊は気押されたように、うなずいた。その様子が可愛かったので、すこし私の心も和《なご》んだ。で、その中帰る気になったら、帰るかも知れないこと、近いうちに必ず源坊の方に電話で連絡すること、などを答えて、源坊を返しました。

こうして私の生活に再び、家のことや父の形象が新しく入ってきた。しかしそれは現実の父の形象ではなく、言わば架空の鋲《びょう》として、私の心のひとところに突き刺さっていた。そしてその鋲の根元は、自分でも判らないあの暗いどろどろした場所に、どこかでつながっていることを、私はぼんやりと感じていた。ある瞬間を転機として、私は父のもとに戻るかも知れない。そういう予感も私にあった。そして私にとっては運命的な、あの五月十五日が来たのです。

　五月十五日は、浅草の三社様のお祭りでした。お祭りの賑いを見に、私は浅草にゆきました。それは大変な賑いかたでした。ぶらぶら歩いている中に、私は露店の人達につかまった。以前から手伝いなどして、知り合いになってた人達です。大ぜい集まって、酒盛りをしていました。その人達につかまって、上手に酒をすすめられ、すっかり酔っぱらってしまった。酒を飲んだのは、宗一さんのお通夜のとき以来初めてです。私はわけも判らなくなって、クダを巻いたりした。皆は面白がって私をはやしたりした。それがまたしゃくにさわって、なんだい、世の中がこうなったのも、お前たち大人が戦争に負けたからじゃないか、などと皆に毒づいたりした。そしてすっかり酔い痴《し》れて、いつの間にか私は誰かに抱かれて、よろよろと夜道を歩いていた。酔った私は、ふっとそれを、宗一さんかと勘違いしたりしていた。軽井沢で抱かれた感じが、身体の記憶に、どこか残っていたのでしょう。しかしその男は、浅川でした。保たちの首領のあの浅川でした。

　私は浅川のために、森下の小さな宿屋に連れこまれました。そして私は、よごれた蒲団の上で、着ているものを次々、むしり取るように脱がされていた。酔っていて、身体が利かなかった。抵抗はしたが、男の力の方が強かった。浅川も酔っていました。酒臭い呼吸が私にかかった。酔っぱらったときの父の呼吸と、それは同じ臭いだった。暗闇の中で頭ががんがん鳴って、気が狂いそうだった。浅川の身体が、しっかと私の身体を押えつけていた。そして浅川のなめらかな指が、私を求めて、隠微にうごいた。

　やがて、激烈な痛みと激烈な快さが、瞬間にして、同時に私の身体を襲った。私は思わずうめいた。そのはげしい苦痛と快感は、同時ではあったが、並列的に走ったのではなかった。全くひとつのものとしてだった。しかし痛覚そのものが快感なのか、快感そのものが苦痛だったのか、私にはほとんど判らなかった。私は傷ついた獣のように、眼を吊り歯をかみ鳴らして、がたがたと慄えていた。あの永木明子との場合と同様な、それよりも一廻り強い隈《くま》どりをもった暗鬱な衝動が、私の内部からふき上げてきた。憎しみ。いや、もっと烈しい。何ものへとも知れぬ、反吐《へど》に似た復讐。そしてその瞬間に私は、私の内部にいる女を、ありありと知悉《ちしつ》した。そして男を。対象を傷つけることで充足しようとするすべてを。そしてその瞬間私にぴったりとのしかかっている男の重さの中に、私は遠くぼんやりと、架空の父を感じた。遠い遠い入口にうすうすと立つ人影のように。そしてその影は急速につかつかと近づいてきた。復讐。私の生母を愛してくれた父と、今継母を愛する父とが、私の脳髄の中で暗く入り乱れ、乱れたままはためいた。しかしそれとは別のものが、私の中で、熱い火の玉となって、感覚の坂をかけのぼった。そして私は突然、全身が震撼《しんかん》するのを感じた。

「お母さん、お母さん、って呼んだじゃねえか」

しばらく経った。浅川は私から身を離しながら、ねばっこい含み声でそんなことを言った。その声音には、満足からくるいやな慣れ慣れしさがあるようだった。しかし私はそんなことを叫んだ覚えはありませんでした。絶対に。

「まだねんねだな、お前。男は初めてか」

怒りと恥じで、私は顔をおおい、裸のまま足をよじってつめたい畳に伏せていた。心は激していたけれども、涙は一滴も出てこなかった。眼球は干葡萄《ほしぶどう》のように、しなびて乾いていました。

翌日も一日、私はその宿屋にいた。熱が出たらしく、身体がひどくだるかった。その夜も、私は浅川に犯された。しかも私はしらふだったのに。

その翌日の朝、熱のある身体で、宿屋を出ようとした。上野に戻るつもりだったのです。浅川は蒲団に腹這《ば》いになったまま、上目使いに私をじっと見ていた。

「お前、逃げる気かい」

例の冷酷な笑いを浮べているのです。私は相手にならず、のろのろと身支度をしていた。すると浅川はおっかぶせるように、

「どこに行ったって、同じだぜ。これ以上いいとこも、これ以上悪いとこも、どこ探したってありゃしねえ。お前にゃ判らねえだろうが」

「判るわよ！」

私ははっきりとこの男を憎んでいた。その憎しみは、一昨日の夜に発していた。その癖昨夜はしらふだったのに、ほとんど無抵抗で浅川に身を任せていたのです。

こうして私は宿を飛び出して、上野に戻ってきた。この二日間で、見えるもの聞えるものが、ガラリと変ったような気がした。人間も変ったのでしょう。上野で私が可愛がっていた女の子の浮浪児が二人いたが、その子たちも私のことを、マリ姉さんは変った、とはっきりそう言った。私は何をするのにも、感動がなくなったのを感じていた。何か考えても、すぐ気持が白けてしまう。それがおのずから、態度に出たに違いありません。肉屋の源坊にも、電話をかける約束がありながら、どうしてもその気になれませんでした。家のことなんか、考える気もしなかった。考えようとすると、私の内のなにかが、ぴしゃりとそれをさえぎった。

その中に私は、浅川から悪い病気をうつされたことが判った。それは激しいショックを私に与えた。そのことがなおのこと、私の気持の傾斜に拍車をかけた。しかしほっとく訳にはゆかなかった。治療費をかせぐために、私は孝子やスミ子と一緒に、上野でタバコとキャンデーを売り始めた。孝子もスミ子も、私が可愛がってた浮浪児です。孝子は新潟の子で十五歳。スミ子は横浜生れで十三歳。この子たちは駅で客にたかって食物や金を貰い、昼は西郷さんの広場で遊び、夜は山で青カンという生活をしてたのです。孝子は春ごろ栄養失調で、痩せていたのを、私ができるだけ金や食物を都合してやるようにしてたから、私にはなついていた。いつも新潟に帰りたいと言っていたから、タバコやキャンデーの売り方を仕込んで、金を溜めさせて、郷里に帰してやろうと思ったのです。スミ子は悪い仲間と一緒になって、手提《てさ》げ専門のチャリンコだったのです。それがある日、捕まりそうになって、私のところに逃げてきた。そしてお腹がすいたと言うので、もう悪いことをしなければお寿司を食べさしてやると言ったら、真面目な顔になって、もうやらないと約束をした。この二人と一緒に、私は毎日上野に立った。

六月の半ば頃でした。なんだか夏みたいに、むんむんする日でした。夕方私が山の下に立っていると、うしろから肩をたたくものがあります。ふり返ると、日野保だったので私はびっくりしました。どうしたの、と私はなじるように聞きました。

保は少し肥って、以前よりは元気そうに見えました。新日本学院を逃げ出してきたと言うのです。困ったように眼をくるくるさせて、

「おれ、真面目な生活に入るつもりで、逃げ出しちゃったんだヨ。本当だヨ」

「じゃ、あてはあるの？」

「うん。まあ知ってる自転車屋にでも、入れて貰おうと思ってる」

なんだかその言い方は、怪しそうだった。そしてその怪しさをごまかすように、保は口をとがらせて、私をなじってきた。

「なんだ。マリちゃんは、まだ真面目になってないじゃないか。あんなにおれが言ったのに」

「ほっといて、自分も逃げてきた癖に！」

そう言い返すと、保はくやしそうに頸《くび》をちぢめて、口をもごもごさせた。しかしその夜は、二人で広小路を歩いたり、中華ソバを食べたりして遊んだ。保はしきりに学院からの追手を気にしていました。ソバを食べながら、保は急に気弱い口調になって、埼玉のオフクロにあやまって家に入れて貰おうかなあ、などと呟《つぶや》いたりした。保は子供の時から強情なところはあったが、シンは気の弱い子でした。そして、私の方を熱っぽい眼で眺めてマリちゃんもどこか変ったなあ、と嘆息するように言ったりした。その時私は保に、ほんの瞬間であったが、済まない、あやまりたい、という気持になった。

しかしその保に、私はどうしてあんな気になったのでしょう。私は保と美術館前の草原にゆき、そこでいどんだのです。しかしその目的の為に、美術館前まで行ったのではなかった、決して。あまり月がきれいだったので、どちらからともなく言い出した散歩だったのです。私たちは手をつないで歩いていた。保の影と私の影が、地面に親しい黒さで動いていた。衝動みたいに、その熱っぽい気分は突然私におこった。気まぐれ、ともちがう。もっとどろどろした重い根を持っていた。私はきっと、痴呆みたいな笑いを浮べていたに違いありません。そんな気がします。草原は夜露に濡れていた。月の光の中で、その時保の顔は真蒼に見えた。

肌を触れ合おうとした瞬間、自分が病気であることが、私は唇まで出かかっていて、しかもとうとう言えなかった。唇は凍りついたようにこわばっていた。保は初めてらしく、不慣れだった。奈落《ならく》におちるような気持になって、私は保を抱いた。すでに私の身体のなかには、どうしようもない欲望がはっきりと動いていたのです。一瞬間の充足を遂げようとする動物の慾が、もはや私の中に熱く熱く波打っていた。私は保に病気をうつすだろう。その懸念が逆作用となって、私の欲望を暗くあおり立てた。やがて保の顔は、むちゃくちゃな努力のために、青黒い汗のつぶつぶを、出っぱった額いっぱいに浮べてきた。眼は大きな穴ぼこのように、黒くうつろになった。なぜかその時突然、あの朝の浅川の言葉が、私の耳にあざやかによみがえってきたのです。浅川の錆《さ》びた声の調子まで。耳もとに幻聴のように。

（どこに行ったって同じだぜ。これ以上いいとこも、これ以上悪いとこも、どこ探したってありゃしねえ！）

そしてはげしい恐怖にも似た絶巓《ぜってん》がきた。私と保をつないでいた、あの荻窪時代の透明な思い出が、その一瞬に形をくずして、がらがらと落ちて行った。私は眼をかたく閉じ、声を呑んだ。

やがて私たちは、ふたつの影法師と共に、惨《みじ》めにつかれて立ち上った。私は月から顔をそむけながら、今来た道を戻り始めた。私を追ってきながら、保はしきりに、済まねえ、済まねえ、と繰返して言った。その声は低く弱く、自責のひびきにも聞えたが、またその繰返しには、ひそやかな喜びをこめているようにも思われた。私はそれにも答えなかった。答えるべき言葉は、どこにもなかった。身体はしっとりと重かったのに、気分はからからにひからびていた。しかし山下まできて、明るい電燈の光のなかで、保の顔を見たとき、初めてするどく強い悔悟の念が、矢のように私の中を奔《はし》った。しかしそれも瞬間でした。黙りこくったまま、そこで私は保と別れた。

そして保が刺されたあの日まで、私は彼に会わなかった。それまで保は、上野にいたことは事実だから、遠くから私の姿を見ても、避けていたのではないかと思います。その保の気持を思うと、私は今でも胸に錐《きり》を突き立てられるような気がする。しかし彼の噂は、ときどき私の耳に入った。病気にかかっているということや、行状がひどく荒れているということなど。病気は私からのに違いなかった。私に噂を伝えてくるズベ公や浮浪児の話では、どこで病気をうつされたか、保は絶対に口にしないとのことだった。強いて聞こうとすると、人間が違ったように、はげしく怒り出すという話でした。

こうして私は酒の味を覚えるようになった。タバコやキャンデーの売上げも、治療代にはほとんど廻さずに、山下の屋台に首をつっこんで、酒代に費ってしまうようになった。酔っている間だけでも、酒は私の頭をしびれさせ、すべてを忘れさせて呉れた。意識の下に眠らしておかねばならぬ事柄が、私にはあまりにも多すぎたのです。ちょっと油断すると、それらはむらがり起って、私の胸に爪を立ててきた。保のことは、いちばん近いだけに、最もなまなましい爪跡を、するどく私に立てて来ようとするのでした。

保が刺されたということを聞いたのも、山下の屋台ででした。私は相当酔っていた。そこへ入って来た地廻りの男が、屋台のおやじにそんな話をしていた。何気なく聞いていたが、ふいに日野という名前が出たとき、私はぎょっとした。

「お兄さん。その場所は、どこなの?」

場所を聞いて、私はすぐ駈けて行った。場所は池之端でした。保はまだ病院に運ばれていなかった。戸板の上に寝かせられていた。もう顔には死相がはっきり出ていて、意識はなかった。グレン隊とむちゃな喧嘩して、胸を深く刺されたのです。閉じた瞼はふかく落ちくぼんで皮膚はすっかり土色でした。着ているアロハシャツは、赤黒い血のりでべたべたでした。保がアロハシャツを着ていようなどとは、私には想像もできなかった。あんなに真面目になりたいと願い、あんなに善良な魂をもった保が、しおたれたぶざまなアロハシャツを、自らの血で汚して死んでゆく。私はたまらなくなって、横たわっている保にしがみついて、ゆすぶりながらその名を連呼した。

「保さん。保さん。保さん」

それで保はわずかに意識を取り戻した。瞼は開いたけれども、瞳にはほとんど光がなかった。しかし、死魚のような末期のその瞳にも、私の顔はぼんやりとうつったらしかった。何か言おうとして、保はしきりに唇をふるわせていた。少し経って、やっと押し出すように、しゃがれた低い声を立てた。

「マリちゃん。マリちゃんか」

声は咽喉《のど》にひっかかって、ごろごろと鳴った。そして暫《しばら》くして、今度ははっきりと、

「オレ、もう、くるしく、ないヨ」

どんよりした瞳を私に定めて、その時そげた頬には、この世のものでないほどの静かな幽《かす》かな笑いがぼんやり浮んでいた。それから吸いこまれるように、瞼を閉じながら、ごく

低い、ほとんど聞きとれない声でつぶやいた。それはもう声ではなく、最後の呼吸の慄えにちかかった。

「オレ、もう、死ぬ。もう、死んじゃったョ」

二分後に、保はしずかに呼吸を引きとった。月の光に顔を照らされて、医者も間に合わず、物見高い通行人や心ない弥次馬などに、がやがやと囲まれて。――そして呼吸を引きとる最後の瞬間を、しんから見守っていたのは、側にひざまずいているこの私だけでした。やがて警察医がきました。保の死顔は、すっかり血の気をおとして、子供のようにきれいでした。


あの八月一日という日は、保が死んだこの日から、数えて三日目のことでした。

その日は私は、朝からイライラしていた。月経が始まって二日目で、いちばんひどい盛りだったのです。もともとこの期間には、私の気持はひどく荒み、ヒステリーのような症状になるのですが、病気にかかって以来、その傾向はますます強くなっていました。この期間中は、神経が極度に敏感になり、何でもないことが強く心にひびいたり、一寸したことにむちゃくちゃに腹が立ったり、ふだんならやれないことが平気でやれたりするのでした。仲間のズベ公からも「あんた今アレでしょ」とすぐ悟られる位でした。

その日の朝、ある浮浪児の女の子が、スミ子がまたチャリンコをやってる、と私に知らせて呉れた。私は腹が立った。そして昼頃、地下鉄の入口でスミ子をつかまえた。そして私は強くなじった。

「なぜスミ子はチャリンコを止めないの。なぜ私の言うことを聞かないんだい。自分がどんなことになっても、かまわないと言うのかい」

しかしスミ子はなぜか、素直にあやまらなかった。何だかだと口ごたえをした。そしてしまいには、フンとそっぽを向いたりしたから、私はいきり立って、髪をつかんでそこに引きずり倒し、ひどくひっぱたいてやった。するとそこへ、三四人のグレン隊が通りかかって、

「何でえ。弱い者いじめするない」

と因縁をつけるつもりか、妙にからんできたから、いじめてるんじゃないわよ、お前たちが知ったことじゃないわよ、とやり返して、そこで人だかりするほど、相当派手に言い合いをした。

それでよけい頭がむしゃくしゃして、タバコやキャンデーの仕入れもしたくなく、ましてスミ子や孝子の顔も見たくなかった。むしむしして、今にも降り出しそうな空模様でした。私は皆から離れてひとりで西郷さんの広場にのぼって、上野の街を見おろしながら、

もうこんなゴミゴミした街には住みたくない。どこか遠い静かなところに行ってしまいたい、などとぼんやり空想したりしていた。保の死のことも、まだ私の心に、強く深く尾を引いていたのです。そうしているところへ、ちょっとした顔見知りの、本名は知らないがイノシシというあだ名のグレン隊の男が、私の側に寄ってきて、

「どうだい、マリ坊、今夜江の島の方へ遊びに行かないか。きれいな海で泳げるぜ。五六人で行くんだ」

と誘ったから、私は即座に、うん、と言ってしまった。するとイノシシは、今日の五時頃駅に来い、と言い残してどこかへ行ってしまった。私はこの数年間、青い海を見たことがなかったから、気持を変えるいい機会だと思って、心がすこし躍《おど》った。生理期間だから海に入れないとしても、海の青さや砂の白さを見るだけでもいいと思った。そう思うと、矢も楯《たて》もたまらなく行きたくなった。

　五時に駅に来てみると、もう皆は集まっていた。あの浅川がその中にいたのです。浅川は私の顔を見ると、ひどく驚いたような妙な表情をして、

「何でえ。マリ子。お前も行くのか」

と言ったから、私もつっけんどんに、

「誘ったから行ってやるんじゃないか。じゃあたしは止すよ」

とやり返してやったら、浅川はふと思い直したように、あの酷薄な笑いを浮べて、

「まあいいや。見張りくらいには役立つだろう」

と言った。その言葉も、私はあまり気にも止めなかった。見張りというのも、海水浴のときの着物の見張りを言ってるのだろうと思っただけで、深く考えもしなかった。前にも書きましたが、上野の山で生活していると、どんな人でも、その日その日というよりも、その時々の行き当りばったりの気持になって、他人のすることを詮索したり、他人の言うことの裏や先の先のことを、考えたりしないようになるものです。この場合もそうでした。

そして私たちは、新宿に行って小田急に乗った。同行は私を入れて七人です。浅川、イノシシ、はちまき、エフタン、テラテラ、探海燈、それに私。女は私だけでした。男たちは、探海燈をのぞけば、皆一癖も二癖もある男たちだった。探海燈というのは、私と同いどしで、グレン隊にしては気が弱い、割に正義派肌の子でした。眼が大きいから探海燈というあだ名がついていて、感じがちょっと保に似ていた。笑うと頬にえくぼが出来る子でした。

稲田登戸のすこし先の駅で、浅川を先頭にぞろぞろ下車した時も、私は別段変には思わなかった。もう夜だからここに泊り、明朝江の島に行くのだろうと思った。改札を出ると、雨がシトシトと降っていた。雨に濡れながらしばらく歩き、道を曲って家並の切れたとこ

ろまで来たとき、テラテラが皆をふりかえって、

「もう直ぐそこだよ。家の者は、みんな鎌倉の別荘に行ってる筈だよ」

などと話し始めたので、空巣をやるつもりだなと、その時初めて知った。私はだまされたと判ったから、グッと癪《しゃく》にさわって顔色を変えた。するとその気配を察したのか、イノシシが私に寄ってきて、

「江の島でのドヤ銭を稼がねばならねえからな、マリ坊、今夜だけは辛抱してつき合って呉れよな」

となだめるように言った。私は腹が立って仕方がなかったけれども、こうなっては独りで帰るわけにも行かないし、ぬかるんだ道を渋々いっしょについて行った。道は暗くて歩きにくいし、着物は雨にぬれるし、むしゃくしゃしてたまらなかった。

　それから暗い坂をのぼったり、雑木林の中や道もない草やぶを通ったり、崖を這《は》いのぼったりして、山の中にぽっかり立ったある一軒屋の裏手まできた。そこにある大きな栗の木の下に皆を待たせて、テラテラが偵察に行くことになった。ところがテラテラは行ったっきり、長いこと帰ってこなかった。どうしたのかと思ってると、犬がけたたましく吠える声がして、テラテラがあわてて戻ってきた。別荘に行って留守だと思ったら、燈が点いていて、家族は全部いるという報告でした。

それから男たちが顔をよせて、電車賃を貰って帰ろうか、それともやっちゃおうか、などとコソコソ相談が始まった。その間に私はぬか雨にすっかり濡れて、湿気は下着まで通り、下腹部が石でも詰ったように重く不快になってきた。気分はイライラし、やがて頭がしんしんと痛んできた。神経が少しずつ狂ってくるのが、ありありと感じられるようでした。熱もすこし出てきたようだった。大声で叫び出したいような焦躁感が、間歇《かんけつ》的に起ってきて、私はそれを必死に我慢していた。探海燈だけはしきりに、「手荒なことは止そうよ。オレは厭だから帰りたい」と反対していたが浅川などが強硬に主張して、とうとうタタキを決行することに一致した。テラテラがそこいらから薪《たきぎ》を持ってきて、皆にくばった。そして、自分は家人に顔を知られているからここで待ってる、などとずるい事を言い出して、浅川に小突かれたりした。皆覆面することになった。私も白いネッカチーフで、自分の顔をおおった。着ているものは濡れていたけれども、身体は火のように熱くなっていました。気持の上の苦痛と、病気の悪化に加えるに生理の変調、そして肌まで雨に濡れたことのために、私の感情も神経も、すでに正常の状態ではなくなっていた。

浅川を先頭に、男たちは次々垣を越えた。私は一番しんがりだった。浅川がポーチからいきなり家の中におどりこむと、イノシシ、エフタンの順でそれに続いた。殺気が家の中いっぱいにみなぎった。ドタドタと音が走り、キャッと叫ぶ女の悲鳴。ガチャガチャガチャンとガラスが割れる音。そこの家の犬がけたたましく吠え出して、それに呼応して、あちこちの山かげや谷から、こんなに沢山犬がいたかとびっくりする程、方々で犬たちが吠え始めて、それらは高く低く入り乱れて夜空に反響した。やがて私はポーチに立って、内部の様子をうかがった。寝巻のまま飛び出してきたそこの主人らしい男を、丁度二三人で縛り上げてる所でした。山の中の入りこんだ一軒屋だから、皆は安心してゆうゆうと仕事をやっているようでした。探海燈だけが初心《うぶ》らしくおどおどしていて、浅川から、誰も来やしねえから安心して仕事をやれ、と叱言を言われたりしていた。家族をみんなしばり上げると、音は一応収まった。犬の声もやがて静まったようです。それから浅川の命令で、それぞれ手分けして、各部屋で金品を物色し始めたようだった。明朝までここに泊ってゆくんだから、ゆっくりと手ぬかりなくやれ、と浅川が注意をあたえているのが聞えた。しかし探海燈だけは、まだあがっているらしく、手が慄えてたんすの引手もカタカタと握れない風《ふう》でした。

ここで見張れと言いつけられた訳ではないけれども、私はポーチに立っていました。家の中に入る気がしなかったのです。家の中は明るかったが、外は真暗闇でした。言いようのない孤独感が、じわじわと私におちてきた。私は唇を嚙んで慄えながら立っていた。雨は相変らずしとしとと降っていました。その闇の中に眼を据えていると、肉体の不調からくる不快感が、しだいにわけのわからない兇暴な憤りに変ってゆくのを、はっきりと私は意識した。掌をあててみると、額は火のように熱かった。じっと立っているだけでも、眼がくらむような気がした。その癖神経がピリピリと張っていて、三里先の物音でも聞き分けられそうな感じでした。全身が山犬みたいなするどい感覚体になって行くのが、自分でも判るほどでした。

そのままで二三十分ほども、私は張りつめたままポーチに立ちすくんでいたと思う。そしてどういう形の予感と危惧が、いきなり私の神経に触れてきたのか、私は今はっきりは思い出せない。突然かすかな戦慄が、電流のように、私の全身を走りぬけたのです。それは確かに、なにものかへの予覚だった。私はほとんど昆虫のような本能で、突然ある何事かを感知した。私はぎょっと身体を堅くして、家の方をふり返った。家の中では、奥の方で、ときどき何かをかき廻すような、微かな音がするだけで、私が立っている場所からは、もう誰の姿も見えなかった。しかし私はポーチから家の中に入ろうとはしなかった。ふしぎな得体の知れぬ妙な力が、その瞬間私の足を導こうとするのが感じられた。その得体の知れぬ力にひかれて、私はそっとポーチを横に降りた。そして足音を忍ばせて、しとしと落ちるぬか雨の中を、家にそってのろのろと右手の方に廻り始めた。するとそこに黒い小さな梯子《はしご》がかかっているのが見えた。その梯子は、部屋から突き出た低い露台めいたものに連結していたのです。そこに何ごとかがある。何事かが起っている。私はとっさに、確実にそれを感知した。私はぐらつく梯子に慄える足をかけた。

その部屋は、大きなガラス窓を、露台にひらいていました。その窓から電燈の光が、露台をぼんやりあかるく照していた。私の白い姿が、そこに浮き上った。私はその時、真白な服装をしていたのです。白い開襟シャツ、白いスカート、白いズックの靴、顔を覆ったネッカチーフも白色だった。露台に上り立つと、ためらうことなく私はその窓から、いきなりあかるい部屋の中をのぞきこんだ。そしてねばねばしたかたまりを、顔いっぱいにぶっつけられたような気がして、私はよろよろとよろめき、思わず窓枠をつかんで身体を支えた。言いようもなく激しく熱いものが、いきなり私の胸にふき上ってきた。

この家の者らしい若い女が、その部屋の真中に倒れていました。二十一二の女でした。その上に浅川の身体がしっかとのしかかっていたのです。継母からひどく打たれたあの夜、父の部屋で私が見たその一瞬の光景と、それは形の上でほとんど同じでした。ただ違うところは、今見るこの部屋の情況には、あきらかに暴力の気配がいっぱいに満ちあふれていたのです。激しいショックのため、私は心臓が咽喉《のど》までのぼってきたような気がし、頭の鉢が五倍にもふくれ上ったような感じに襲われた。しかし、私は眼を見開いたまま、窓枠を握りしめて、そのまま視線を動かさないでいた。そして渇いた犬のように、私のあえぎはしだいに荒くなってきた。

電燈の光の直射をうけて、その女の白い顔は、言葉で表現できないような表情をたたえていました。ふつうの女がその一生の起伏のなかで、いろんな情況下につくるさまざまの表情を、この女の顔は今の一瞬に凝集し定着させていました。痛み。苦しみ。憎しみ。さげすみ。怒り。悲しみ。ありとあらゆる感情のすべてを。しかもなお、親しみ。喜び。恍惚の感情の片鱗をすら、そこにひそやかにこめて。そしてその上に、浅川の身体がかぶさっていた。露骨な雄の姿勢で。言いようもなく醜く、同時にはげしい美しさで！

何秒間、何十秒間、私がそこに立っていたか、私には全然覚えがありません。一瞬だったような気もするし、ずいぶん長い間だったような気もする。記憶がそこらから、混迷し分裂しかけているようです。きっと私の顔はその女の顔と同じ表情になっていたでしょう。それに違いありません。そして今思い出せるのは、その時の私の気持の一部分に、まぎれもない嫉妬の情がはっきりと動いていたことです。いえ。間違いはありません。疑いもなく、それはするどい嫉妬の感情でした。それは私の心の遠景の部分を、矢のようにひらめいて奔《はし》りぬけた。そしてその時私の全感情と全神経から、形のない重くわだかまったものが、ずるずると脱落するのが感じられた。その代りにすさまじい空白が、突如として私に降りてきた。私の行動を決定する要《かな》めのものが、急に私から遠のき、遥かな小さな一点となって、そして無限のむこうに消えて行くのが感じられた。しかしそれにも拘らず、私の五官や四肢の運動は、今思うと極めてしずかに正しく働いていたようでした。それは不思議なほどでした。

私は双手を使って、静かに硝子窓を上へ押しあげた。鍵はかかっていませんでした。そして私は脚をあげて、音のしないように窓の閾《しきい》をまたいだ。今思い出したのですが、閾をまたぐ時私の白いスカートの一部が、ぽちりと自分の経血《けいけつ》でよごれているのに私は気がついた。いくらきれいに生れついても、女というものは、腐った血が降りる穴を一箇所持っているんだ。その時あらくれた気持で、そんなことを思ったりしたのを、私はぼんやりと覚えています。部屋に入ると、私はすぐ壁ぎわに身を寄せた。壁の上部には、古めかしい洋風の短剣がかざってあった。初めからそれを知ってたのかどうかは、私の記憶にない。しかし既定の行動のように、私は手を伸ばして、それをそっと壁から外《はず》した。それは皮鞘《かわざや》で、インデアンの首が柄の尖端の飾りになっていた。妙なことばかりはっきり覚えているようですが、そのインデアンは頭に八本の羽の飾りをつけていました。たしかに八本。そして音がしないように、私は皮鞘をはらった。白い刀身が、するりと光を弾いた。私はそれをいきなり逆手に持つと、二人の営みの背後から、音を忍んで近づいて行きました。営みは終末に近づいていました。そのことは浅川の身体の動きの微妙な気配で判ったのです。

浅川の上半身は、白地のうすい襯衣《シャツ》でおおわれていた。短剣の柄を両掌で握ると、私は全身の気力をこめて、微妙に起伏している浅川の背に、そのするどい刀身を力いっぱい突き刺しました。白く光る刀身の、ほとんど三分の二ほど。鮮血がパッと飛んだ。その瞬間物すごい痙攣《けいれん》が浅川の全身を走って、それきり動かなくなった。(後で聞いたのですが、検屍医のしらべでは、即死だったそうです)

私は短剣を力をこめて引き抜いた。肉が刀身をぎゅっとしめつけていて、抜くのには満身の力が必要でした。やっと引き抜いた瞬間に、猛烈な虚脱感が私にやってきました。虚脱感もあんなに猛烈だと、強い緊張とほとんど変りありません。私は、まるで白痴みたいに、口辺の筋肉をゆるめたまま硬ばらせていた。そして——そしてその血塗れの刀身を、刀身の指す方向に、そのままぐっと押し進めたのです。今思えば、私はその刃を逆に向けて、はっきりと自分の胸に突き刺すべきだったのでしょう。しかしもう私は、その時は判断力を完全に失っていたのです。偶然に刀身の尖端がそちらを向いていたばかりに、あの女は私から刺し殺された。偶然に踏み殺された昆虫のように。もし刀身が私を向いていたならば、もちろん私はためらうことなく、私自身に突き刺したでしょう。その瞬間の私個人の意思でなく、私の歩いてきた生涯がつくり上げた、ある隈《くま》どりをもった架空の意思のために。——

それから一時間後に、私たちは皆つかまってしまったのです。そして数珠《じゅず》つなぎになって、雨の中を原町田警察署へ引いて行かれた。刑事さんにいろいろ問いただされたけれども、私には何も答えられなかった。私は椅子にかけて黙りこんでいた。すっかり放心状態だったのです。私の側でイノシシが、私を江の島に誘って皆の相手をさせるつもりだった、と自供しているのを、ぼんやりと他人《ひと》事のように聞いていました。生きているということは何ということだろう。そんなことをしきりに自分の心に問いかけながら。

――それから私は八王子の少年刑務所に入れられました。そこで二箇月ほど過し、一週間前、この小菅《こすげ》の拘置所に移されてきたのです。今ここで、この上申書を書いているのです。この小菅拘置所の女区は、八王子にくらべると、ずっと暗いところのようです。八王子では、窓から小安ヶ岡や富士山などが見えたけれど、ここの窓からは、ほとんど何も見えない。そのせいか、同房の女囚たちも、ひどく感傷的なようです。昨夜も同房の一人が、窓からきれいな星が見えると言い出して皆が窓に顔をあつめて眺めているところを、担当さんに見つかって、少し叱言《こごと》をいわれたりしたが、その後で、「お前たちは星も満足に見られないんだよ」とさとされて、私を除いた他の女囚は皆、掌で顔をおおったり抱き合ったりして、しばらく泣いていました。泣く気持が判らないではありませんが、私にはとても泣けません。涙が出てこないのです。しかし私はふと、そんな彼等が羨しいとも思う。

彼等のように自ら悲傷して涙を流し、涙を流すことで気分を散らしてしまうような習慣を、もし私が早くから身につけていたら、私もあんな苦しい半生を過さずにすんだでしょう。その果てのこんな罪も犯さずに済んだでしょう。今となってそんな事を言っても、始まりませんけれども。

ここに身柄を移されてから、父も母もまだ訪ねてきません。八王子の頃は、三日をあげず、どちらかが訪ねてきて呉れました。父もずいぶん年老いたようです。私のせいもあるのでしょう。しかしあんな事件を起して以来、父にたいする気持ががらりと変化したのを、私は自分でも感じます。私の心の中のなにかが、あの瞬間を境として、はっきりと角度や方向を変えたようです。それが私には不思議でなりません。あの長い間の父に対する屈折した思いは、一体どこに行ったのでしょう。面会所で父と会っても、父に言いたいことも訴えたいことも、私には何もないのです。しかし私は、父に会うのが厭だと言うのではありません。父は以前よりも思いやり深くなり、私のことも親身に心配しているのです。それにも拘らず、私には父の姿が、私とつながりのない物体のようにふと感じられたりするのです。ただ父権をもつ物体のように。

その父に対して、心の深層で私がこだわり、そのこだわりの核を探りあてかね、その周囲をしきりに屈折した愛情で隈《くま》どったこと、それが今の私には夢のように虚《むな》しく、遠いものに感じられます。母に対しても、同様な気持です。むこうにしたがって揺れ動く切なさがもはや私にはない。父は場末の町工場の平凡な主人であり、母はその貞淑な後妻というだけに過ぎません。今の私には、それだけなのです。その感じはいささか私に不安でなくもない。こういう具合に、私の心の中で、すでに完全に分解され、処理されてしまったものは、一体何なのでしょう。

しかしふつうの意味で、大人になるということは、こういう過程を指すのでしょうか。もしそうだとすれば、私が殺人という犠牲をはらったところを、他の人々はどんなものを犠牲として、そこを通り抜けたのでしょう。他もそこなわず自らの身も傷つけず、たくさんの男女は安心して大人になっている。——そう思うのは、私のひがみでしょうか。私の負け惜しみでしょうか。それとも、私の独り相撲でしょうか。いえ、独り相撲なら、独り相撲でいいのです。私はその独り相撲で、惨《みじ》めにも負けたというだけの話なのですから。

私のこの上申書は、弁護士さんのすすめで書いているのです。弁護士さんは私にいろいろと上申書の要領を教えて下さったけれど、私はそれに従わず、とうとう本当のところを書いてしまった。罪を悔悟しているということは、一言も書かなかった。今更悔悟する位なら、初めからあんなことはやりません。しかしこれを貴方の前に差し出すのは、今とな

っては厭な気もします。あまり面白くない。本音を記しただけに、なおのこと、そういう感じが強いのです。貴方がこれを読んでいらっしゃる光景を、私はまざまざと想像できるような気がします。貴方は手入れのいい服を着て、日当りのいい判事室で、柔かくふかふかした椅子にもたれ、匂いのいい莨《たばこ》をふかしながら、忙しげにこれをお読みになるのでしょう。読み終ると腕を組んで三分間ばかり私のことを考え、そしてこの上申書を机の中にぽいとほうり込むのでしょう。そして数時間後には、その内容もお忘れになってるかも知れない。いえ、それがどうと申し上げるのではありません。貴方は人を裁くのが職業だし、その職業は忙しいものだと聞いておりますから。しかし私にはそれがちょっと不思議な気がしてならないのです。貴方はいずれ私を法廷に呼び出し、私の罪状を厳しくただし、貴方の職業上の判断にもとづいて、私を死刑と決めるなり、懲役何年と決めるなりなさるのでしょう。私はどうせ裁かれる身なのですから、できるだけその日が早く来るようにと待ってはいるのですが。

裁判長さま。

しかし、人間が人間を裁くということは、一体どういうことなのでしょう?

（「小説新潮」一九五〇年二月号）

零子

1

七月の青い海がひろがっている。その真中にいっぽん飛込台が立っている。台の上には人影がふたつ、もつれ合うように動いている。あたりはしんとして、何の物音も聞こえない。淡青の空のいろを背景として、やがて台の上から、ふたつの身体が次々に空中に飛翔し、吸いこまれるように海面に落ちてゆく。最初のそれは不器用な丸太棒のように、次のはあざやかなダイビングの姿勢で！

こんな風景が、今でも幻のように、時折僕の瞼の裡に泛《うか》び上ってくる。十数年も前のことだが、その一瞬の風景はよほど強烈に、僕の胸に灼《や》きついたに違いない。

飛込台上のその二人の男女は、今はもうこの世に亡《な》い。先に不器用に飛び込んだのは、廣橋吾郎《ひろはしごろう》。後の鮮かなダイビングの主は、宇佐美零子《うさみれいこ》という女。僕はその時、飛込台からすこし離れたボートの上で、それを眺めていたのだ。なぜ僕だけがボートに残って、飛込台の櫓《やぐら》の上にのぼらなかったか。僕は幼ない頃から、高所恐怖というものが強くて、とてもそんな高櫓の上なんかに登れなかったからだ。だから僕だけがボートに居残って、二人のその動作を見守っていたのだ。おそらくは、いくらかの羨望と讃嘆と、そしてうずくような嫉妬の念をもって。

廣橋吾郎の軀は、投げ出された棒片のように、無技巧に空中に浮かんだ。そしてそのまま、海面と平行の姿勢のまま、急速に落下した。ハッとする間もなかった。櫓の高さは、五、六米ほどもある。水面に到達するまでに、廣橋は手足をもがくように動かしたが、その危険な姿勢はくずれなかった。彼の軀はそのままの角度で、水面に激しく叩きつけられ、おびただしい水沫が四方に飛散した。次の瞬間、宇佐美零子のすらりとした身体が、空中に鮮かな弧を描いて、その後を追った。零子のその瞬間の姿体は、僕の記憶のなかでしだいに磨かれ、今はこの世のものとも思えぬ純粋な美しさで、しばしば僕によみがえってくるのだが。――

胸と腹を水面にしたたか打ちつけて、廣橋は短い間失神したらしい。零子がその身体を支えて、立ち泳ぎをしている間に、僕は急いでボートをそこにこぎ寄せた。ボートの縁にふれると、廣橋はやっと正気づいた風であった。蒼い顔をして舷にすがり、唇でも嚙んだのか少し血を吐いた。血はしたたって海水に混り、ゆらゆらと紅い煙のように溶けた。

「しっかりして。しっかり」

零子はそんなことを口走りながら、廣橋の身体をボートに押し上げようとした。透明な海水なので、その中で伸び縮みする零子の肉体は、水中光線の屈折も加わって、妖《あや》しいほどの美しさで僕の眼をとらえた。僕はオールを離して、廣橋の体をずるずるとボートに引き上げた。水着から水粒をしたたらせながら、零子もつづいてボートに這《は》い上ってきた。

「吾郎さん、無理したのよ」橙色の水着の胸を大きくはずませて、零子は言った。「飛べないでしょと、あたしがあんなに言ったのに、無理に、飛んだりして――」

廣橋はボートの底にぐったりなって、苦しげにあえいでいた。僕はすぐに岸の方へボートをこぎ出した。零子は艫《とも》に坐って、梶を操りながら、じっと廣橋の背にその眼を据えていた。零子は時々そんな眼付きをした。ひとところを見詰めて動かない、無意思なほどきつい眼付き。ラムネの玉でもはめこんだような、固く非情な瞳のいろであった。その眼に射すくめられたように、廣橋の体はボートの底に平たくなり、しばらく低く断続してうめいていた。その濡れて縮れた髪の毛や、細い頸筋《くびすじ》の肌色を、僕は今でもありありと憶い出せる。

――それから一箇月ほどして廣橋が胸を悪くして、サナトリウムに入院したのも、あるいはこれが直接の原因だったかも知れない。ボートが岸に着く頃までには、廣橋は少し元気を回復していて、宿までひとりで歩いて帰ったほどだが、もともとそれほど強い体質ではないのだから、その時のショックが胸の病いを誘発したのではないか、と思う。サナトリウムはK市の近郊にあった。その一等いい病室を占領して、終日横臥したまま彼は病いを養っていた。休学届けは、たしか僕が学校の教務課に提出してやったと思う。

廣橋は明るく快活な男だったけれども、持続的な忍耐力がないらしく、療養所の単調な退屈さには、相当に苦しんでいる様子であった。見舞いに行くたびに、彼の顔色は少しずつ悪く、元気もなくなって行くように見えた。僕が行くとひどく喜んで、いろいろもてなそうとするのだが、それがかえっていたいたしい感じであった。学校のクラスでも、才気《さいき》煥発《かんぱつ》でいつも話題の中心となっているような彼が、パッとしない脇役《わきやく》みたいな僕に、もてなしの手を尽くそうとするのも、精神的にひどく参っていたからに違いない。そういう彼に、僕はいつしか優越感みたいなものを、持ち始めるようにもなっていた。

「なんであんな無茶な飛込み方をやったんだね？」

ある時僕はそう訊《たず》ねて見たことがある。すると廣橋はそれには答えず、ベッドの上ですこし憂鬱そうな笑い方をした。僕は重ねて言った。

「君はそれほど、泳ぎとか飛込みとかは、うまくはないんだろ。つまり、なんだな。女の前だから、いいところを見せたかったんだな、君は」

あとの半分は、もちろん冗談めかして言ったのだが、廣橋は急に笑いを収めて、生真面目な顔になって言った。

「そうじゃないんだよ、あの時は」遠くを見るような眼になり「飛べって、命令したんだよ、あのひと。おれがためらっていると、背中を押そうとしたんだ」

「押されて落ちたんかね？」

「いや。結局おれは思い切って飛んだんだがね、あんな高いところからは始めてだろう、脚が怯えてしまって、踏切り方が足りなかったんだな。痛かったよ、あの時は」

「なぜ飛べなんて、命令したんだろうな」

「あれはそう言う女だよ」と廣橋はやや苦しそうな笑い方をした。「つまり自分の意のままに人を動かしたいんだ。そら、川尻でもそうだっただろう。ビール飲むってきかなかったじゃないか」

「そう言えば、そういうとこがあるな」

それが零子の魅力だとも考えながら、僕は相槌を打った。川尻と言うのは、僕らが零子と始めて知合った場所だ。僕らの高等学校の文理科対抗のボートレースがそこで開かれ、その帰途のことであった。その夕方僕らは祝いの酒にいささか酔っていた。若い時分のことだから、いささかの酔いを誇張して、ひどく酔っぱらった気分になっていたのだ。道をわざわざよろめき歩いたり、習い立てのドイツ語の歌をわめいて見たり、しごく朗《ほが》らかになっていた。零子を中心とする女学生の一団に声をかけ、気軽く近づきになれたのも、そうした雰囲気のせいだったろう。僕はその群を一目見て、零子の存在につよく興味をひかれた。五六人のその女群の中で、零子の容貌や動作がひどくきわだって見えたからだ。身体も大柄だったし、顔かたちにも特徴があった。きつい輪郭をもったその顔は、なにか血統の正しさと言ったようなものを、瞬間に僕に感じさせた。

僕らは一緒になって、がやがやと街の方に歩いて行った。どんなきっかけか忘れたが、零子がビールを飲みたいと言い出したのは、その時のことだ。割に暑い夕方で、咽喉《のど》も乾いていたが、女学生がビールを飲みたいというのは、あまり穏当なことではなかった。事実、他の女学生達はびっくりしたように、反対したり厭《いや》がったりしたが、零子はどうしても飲むと言い張って聞かなかった。

「女だから飲んでいけないって法はないでしょ」

結局僕らは、あまり目立たない喫茶店に入って、ビールを飲んだ。あれほど飲みたがった癖に、零子はコップ一杯を乾しただけで、あとはいくら勧めてもコップを手にしなかった。つまりこの女は、無邪気な強がり屋なんだな、と僕は思ったりした。生き生きと動く彼女の表情のかげに、ちらと奇妙に暗い翳がかすめたりする。注意深い観察者だったから、そんなことまで僕は眼にとめていた。

その店で一時間ほども僕らはしゃべり合っていたと思う。僕ら、と言っても、僕はほとんどしゃべらなかった。僕は口下手だったし、自分でしゃべるよりは、他人の話を聞く方が性質《たち》に合っていたから。廣橋吾郎などは大いにしゃべったと思う。零子はそれほどしゃべりはしなかったが、他の女にくらべると、ずっとハキハキとした口をきいた。

こうして僕らは零子《れいこ》という変った名前を覚え、それから彼女との交際が始まったのだ。僕らはかげでは彼女のことを、零《ゼロ》と呼んだ。零《ゼロ》という神秘的な数が、奇妙に彼女にぴったりしているように思えた。じっさい彼女の性格には、どこか為態《えたい》の知れない奇妙な芯みたいなものがあって、それが若い僕らを牽《ひ》きつける一種の魅力にもなっていた。――

2

零子の家に五六度遊びに行ったことがある。もちろん僕ひとりではなく、いつも廣橋か誰かに連れられてのことだ。

零子は屋敷町の古びた家に、叔母と二人で住んでいた。零子の両親は、彼女がまだ幼ない頃に、二人とも死んでしまったらしい。叔母というのは四十ぐらいの肉づきのいい、いつも粋好《いきごの》みの着物を着ているような女だった。眼尻あたりに妙な色気があって、零子とはあまり似ていなかった。僕はこの叔母に、どういうものか妙に信用されて、いろいろ相談をもちかけられたりした。零子が言うことを聞かなくて困る、という相談を受けたこともある。不良女学生になりはしないかなどと、その時叔母は僕に言ったりした。

「大丈夫でしょう。しっかりしてらっしゃるから」と僕は答えた。

「言い出したら絶対に聞かないようなところがありましてねえ」と叔母は嘆息するような声を出した。「あれの祖父が、あの神風連《しんぷうれん》の一味でね、頑固無類の人だったけれど、その血が零子に伝わったのかしら、とも思うんですのよ」

しかしこの叔母は、本当に零子のことは心配していない。ただ話題として出したにすぎないと言うことを、僕はぼんやりと感知していた。僕は幼ない頃から、そういう感《かん》が割にするどく働く方であった。本当のところでは、叔母は零子の行状などには、ほとんど無関心だったのだろうと思う。僕らとの交際にも平気だったし、むしろ僕らが遊びに行くと、自分から音頭とって遊び騒ぐような叔母だったから。だからこの家は、僕ら学生にとっては、ひどく訪問しやすい家庭であった。どこか崩れたような放縦な雰囲気が、この家の内にはただよっていた。

宇佐美家には、その頃珍しかった麻雀の道具が一組あった。僕らはそこで麻雀を教わった。僕はなかなか覚えが悪くて、皆から笑いものにされたりしたが、廣橋吾郎の上達はめざましかった。僕がまだ点数もろくに勘定できないのに、彼はもう模牌《モウパイ》などが出来て、得意然と僕の下手さを憫笑《びんしょう》したりした。しかしこのことは、彼の頭の良さを示すのではなく、彼がしょっちゅう宇佐美家を訪問していると言うことに他ならない。廣橋はそのことを隠したがっていたが、僕にははっきりとそれが判っていた。しかし何故廣橋は、僕らにかくして、こっそり宇佐美家を訪問するのか。理由は言わずと知れていた。廣橋は零子に惚れていたのだ。

廣橋吾郎は背も高く、近代的な顔付きをしていて、詩をつくったりするような趣味もあったから、女からチヤホヤされる型の男である。いろんな点で僕とは正反対であった。この僕は背は五尺二寸しかなく、あらゆることに不器用で、カメラいじりが唯一の道楽で、文学などてんで判らない。顔もきわめて不味く、風采も上らない。正反対であることがかえって、僕と廣橋を仲好くさせる機縁になっていた。しかし僕は自分を知っていたから、彼との交際においても、いつも意識して脇役然とふるまっていたのだ。

ある時僕は彼に言ったことがある。

「ゼロの家には、皆と連れだって行くようにした方が、いいんじゃないかな。じゃないと、憎まれるぜ」

いもんだからな」

「だってみんな一緒に知合ったんだろう。それを抜駈《ぬけが》けされるのは、あまり気持が良くな
実際そういう悪声を、仲間から僕は二三耳にしていたし、また僕には僕の別な気持もあったから。すると廣橋はフンと言った表情になって、つっけんどんに言った。

「じゃ皆も、抜駈けに努めりゃいいじゃないか」

やがて夏休みが来た。廣橋は零子を誘って、泊りがけで海水浴場に行こうと申し出たらしいが、流石《さすが》の叔母もそれに難色を示し、やっとある条件の下にそれが許されることになった。その条件というのは、この僕を連れて行くということなのである。つまり僕をお目付役につけようという訳だ。

「田代さん（僕の名）のように堅くて真面目な人が、一緒に行って下さるなら、零子を出してもよござんす」

叔母はそんなことを言ったそうだ。どうしてそんなに信用されたのか、僕にもよく判らない。とにかくそんないきさつで、廣橋が手を合せて頼むから、僕もとうとう同行すると言う形になった。もちろん他の級友たちには秘密だ。

こうして僕ら三人は、始めに書いたあの海辺に来たのだ。ここは廣橋の故郷の町の近く

で、海水浴場とは名ばかりの、さびれた海岸であった。宿屋は一軒だけ、それも百姓の片手間仕事で、そこに僕らは寝泊りすることになった。二部屋を借切って、一部屋に零子、隣りの部屋に僕と廣橋が寝る。そのことは託された役目上、僕が宰領して割りふりをしたのだ。

零子の廣橋に対する気持も、ここで書いて置かねばなるまい。しかし実際のところ、僕には零子の気持はよく判らなかったのだ。廣橋が零子を好きなのはハッキリしているが、当の零子はどう思っているのか。廣橋を好きなようでもあるし、そうでないようでもあるし、気紛れな天気みたいに摑み難い態度であった。零子がこの海岸に来る気になったのも、もちろん廣橋の慫慂《しょうよう》によるのだが、男友達と避暑地で遊びたいからではなく、海の魅力が零子を誘ったのだろうと思う。零子はもともと泳ぎが好きで、学校でも水泳の選手をやっていたほどだから、青い海の誘惑を感じないわけがない。ことにここの海は水がきれいで、ひとしお零子の気に入ったようであった。だから昼間は、食事時間以外はほとんど海にいるような有様で、そのおつき合いで僕らの皮膚も相当に黒くなった。夜は夜でトランプをやったり、五目並べをしたり、そんな気楽な生活が一週間ほど過ぎた。

ある晩、ポーカーをやっていて、廣橋がひどく勝った。彼はポーカーフェイスが巧みで、それに引っかかって、僕らはいつも負けてしまうのだ。その夜も彼は調子づいて、零子をからかったりしたので、零子もムキになり、それでかえって負け込むような始末だった。

「零子さんを負かせりゃ本望だよ」廣橋はそんな風にも言った。「米友《よねとも》なんぞは問題外さ」

米友というのは僕のこと。宇治の米友に似ていると言うので、廣橋は僕のことをそう呼ぶ。ポーカーの勝負でも、僕はやはり脇役であった。

「吾郎さん。ずるいわ」

フルハウスとフォーカードか何かで、最後の賭けを大きく取られた時、零子は口惜しそうにそう叫んだ。そしてカードを畳にほうり出すと、ぷいと部屋を出て行った。泪《なみだ》をかすかに泛べていたと思う。やがて縁側から下駄をはいて、外に出てゆく跫音《あしおと》がした。

「怒らせてしまったかな」

廣橋は頸をすくめて、すこし間の悪そうな笑いをうかべた。そして少し経って、カードをそろえている僕に向って、

「ちょっと見てくる。心配だから」

その夜遅くまで、僕は二人の帰るのを待っていた。暑苦しい夜で、悶々と寝つけなかった。二人はなかなか戻って来なかった。僕は寝床の中でいくたびも寝返りをうちながら、こんな夜は酒でも飲みたいなと考えたりした。

二人の跫音が戻ってきたのは、午前一時を廻っていた。僕は毛布にくるまって眠ったふ

りをしていた。僕の眠りを覚まさない心使いか、二人は言葉を交さず、足音を忍ばせてそれぞれの部屋に入ったようだった。僕のそばに横になった廣橋の方から、かすかに海藻のにおいがただよってきた。僕は眼を閉じたまま、その香を嗅いだ。この海岸に来て、いつも三人一緒の行動だったのに、今夜はとうとう僕がのけ者にされた訳だな。そんなことを考えながら、僕は眠りに入ろうと努力していた。ねっとりと夜気がよどんで、呼吸《いき》苦しく眠れなかった。暁方になって、やっとトロトロと眠りに入れたと思う。

3

最初に書いた飛込台の事件は、その翌日のことだ。古ぼけたボートを借り出して船遊びをこころみ、そして僕を残して二人は飛込台にのぼったのだ。

二人のその日の言動は、いつもとそれほど変らなかった。昨夜何かあったに違いないと思うのだが、二人とも、そういうそぶりは見せなかった。この僕を意識してポーカーフェイスをやっている、そんな風に僕には思えた。

ボートに乗っても、こぎ手はもっぱら僕であった。廣橋は非力だし、僕は背は低くても腕力はあるので、自然とそうなってしまうのだ。ボートはいいとしても、飛込台は僕には苦手であった。どうも幼ない頃から、一間ほどの高さでも、僕は身体のどこかがムズムズするのを感じる。人並外れた高所恐怖が僕にあった。

「ヨネさんみたいな人がふしぎね」と零子もいぶかったものだ。ヨネさんというのは、れいの米友を彼女流に呼んだもの。「あたしはどんな高いところでも、平気よ。高いところから下を見おろすと、気分がいっぺんにスウッとするわ。鳥みたいに飛びたくなっちまうわ」

零子は学校でダイビングの選手でもあったらしい。対抗競技の優勝メダルを見せられた覚えがある。ダイビングに適したような、すらりと均勢のとれた身体だった。自分のその身体に、零子はひどく自信を持っているようであった。口に出して言うわけではないが、彼女の身ぶりや動作でそうと推察できた。

「じゃあたしの飛込みを見ててね」

ケープを僕にあずけて、零子はボートから飛びこむ。廣橋もつづいて立ち上りながら、ちらと僕の額を指でこづき、ひやかすような口調で、

「おい。眼が赤いぞ。寝不足か」

そしてじゃぶんと飛びこんで、飛込台の方へ抜手を切って行く。虚をつかれて赤くなっ

たまま、飛込台に登ってゆく二人の姿を、僕はある感じをもって眺めていたのだが。——

翌日、廣橋は昨日打った胸や腹が痛いと言って、サロメチールのにおいをぷんぷんさせて、畳にごろごろしていた。零子は相変らず身仕度をして、海に出かけるつもりらしかった。滞在は十日の予定だったから、もうあと二三日しかなかった。

「ヨネさん。今日すこし写真を撮って呉れる？」

零子は僕の部屋に入って来て、そんなことを言った。これは前日からの約束だった。

「ああ。撮ってもいいよ」

撮るのは明日に延ばせと、廣橋が口を入れたが、零子はきかなかった。彼女の気性は判っているので、廣橋もそれ以上は言わない。僕も急いで仕度して、廣橋を宿に残して表に出た。いささか疲れていたし、できれば僕も廣橋みたいに、宿でごろごろしていたかったのだけれども。

その日もいい天気で、明るい光線が白い砂丘にさんさんと降っていた。僕は零子について歩きながら、彼女と二人きりで歩くのはこれが始めてだ、ということに思い当った。今まではいつも誰かがいて、必ず僕は脇役の位置に立っていたのだ。そう思うと、僕はなんだか眩《まぶ》しいような気持になって、二三歩遅れて歩く形になった。先に立つ零子の背丈は、僕よりもすこし高い。そんなことが妙に気になったりした。

零子は場所や背景の選択がうるさくて、そこで僕らは砂丘や小川を越え、ずいぶん歩き廻った。入江に沿って一里以上も歩き、とうとう岬まで出てしまった。そこへ着くまでにフィルムはあらかた使い尽し、あと三枚しか残っていなかった。岬に着くと、零子はいつ仕入れたのか、バスケットの中からパンやハムなどを取り出して、ここで昼飯にしようと誘った。

「昼飯に帰らないと、廣橋が心配しやしないかな」と僕は言った。

「いいのよ。あたし達の勝手ですもの」

まさか廣橋が僕に嫉妬はしないとしても、僕はなんだかはばかれるような気持がした。すると零子は悪戯《いたずら》っぽい声で笑い出しながら、バスケットからウイスキーの瓶を取り出した。

「あなたが好きだろうと思って、これも用意して来たの」

こうして僕らは岩陰に座って、ささやかな宴会を始めた。空腹だったので、ウイスキーは急速に廻った。零子もむせながら二三杯飲んだ。やがて酔いが僕らの口をなめらかにした。

「風采も上らないし、頭も鈍いし、金もないしね、だから僕は一生脇役で過ごして行こうと思うんだ。派手な幸福なんか、もうとっくに諦めている」

僕の性格を消極的だと零子が批評したので、僕はそんなことを答えたりした。

「分《ぶん》に満足して生きてゆく、そんな生き方もあるだろうと思うんだ」

「それで生涯満足できるかしら?」零子はきらきらした眼を上げてそう言った。「あたしだったら、とても我慢できない。そんな生き方なら、死んだ方がましよ」

「君はそれでいいんだ」と僕は答えた。「君や廣橋なんかはね」

廣橋の名を出すと、零子の表情にチラリと翳が走ったようであった。それで僕は話頭《わとう》を転じた。僕はその時、零子や廣橋の自己中心的な性格を、僕のそれと比較して見たかったのだけれども。

やがて食事が終った。零子もウィスキーで眼元をぽっと赤くして、それが奇妙に艶《なま》めかしく感じられた。岬のあたりには、空に鳶《とび》がまっているだけで、人影は僕らだけだった。

そしてあのことは零子のいささかの酔いのせいだったのだろうか。零子はとつぜん僕に、全裸の姿を撮ってくれと言い出したのだ。

「――裸?」

僕は少からずどぎまぎした。からかわれているのかと思った。零子の口調は冗談めいてはいたが、しかしその眼の色は本気のようだった。

「ねえ、撮って。その代り、現像したら焼付けしないで、フィルムのままあたしに寄越《よこ》すこと。約束して呉れる?」

「そりゃ約束してもいいけれど――」

「じゃ、そうして。あなたは嘘はつかない人ね。あたし信じるわ」

岩陰で橙色の水着をすっかり脱ぎ捨て、彼女が生れたままの姿態となったとき、やはり僕は眼がくらむような気がした。零子は大胆にふるまい、自信あり気なポーズを示した。この僕を男性として意識していない。カメラの操作者以上には認めていない。そういう零子のそぶりが、僕の胸に折れ曲った羞恥と屈辱をもたらせた。零子の裸体は美しかった。しかし僕は対照的に自分の不恰好な肉体を意識し、動作がぎこちなくなるのを感じた。しかし僕は慎重に焦点を定め、三枚のフィルムに零子の裸体をうつし取った。

撮影が終ると、零子はそっけなく岩陰に戻り、水着をつけケープをまとった。そして僕に言った。

「これは誰にも言わないでね」

帰途、もうここにも飽きたから明日にでも家に戻りたい、と零子は言い出した。僕は酔いも醒めていて、いくらか疲れてもいた。不機嫌な顔をしていたかも知れない。

「僕はそれでもいいが、廣橋が何と言うか――」

「あの人もそろそろ、帰りたい頃でしょ」

零子は乾いた声で、そうさえぎった。一昨夜廣橋と何かあったのかと、聞いて見たいとも思ったが、それも物憂く僕は黙っていた。じりじりと照らされて歩きながら、僕はしばしば零子の裸身を瞼によみがえらせ、同時にそれを撮影するだけの自分の役目を思い、重苦しくやり切れない気もした。

僕らがその海岸を引き揚げたのは、その翌々日だったと思う。

廣橋はそのまま故郷に帰り、僕は責任上、零子を家まで送り届けた。叔母に招じられて座敷へあがり、夕飯などを馳走になった。零子は叔母に、ひどく大袈裟に海岸の話をしていた。零子の話を聞いていると、海岸の何もかもが、彼女を中心として動いているように聞こえた。この女には、虚言癖とまでは行かないとしても、少くとも誇張癖はあるようだな、と僕は思ったりした。

厠《かわや》に中座して戻ってくる時、僕の耳は座敷の中からこんな低い話し声をとらえていた。

「あの人、蟹みたいよ、何となくその蟹にそっくりなのよ」

「そんな失礼なことを――」

そしてくつくつと忍び笑う声がした。厠に立つ前に、零子は海辺で蟹にはさまれた話をしていたのだ。その蟹は僕も覚えているが、泥色の甲羅をもった、ひしゃげたような形の醜い蟹であった。僕は呼吸が詰まるような気がした。

4

廣橋がサナトリウムに入ったのは、その夏休みが終った頃だったと思う。

つまりあんな感じの体質が危いんだなと思う。背が高くて、胸郭が薄く、神経が過敏そうな体つき。僕などとは正反対の体質なのだが、こういうのを結核菌はとかく好むものらしい。僕の友人でこの病気でたおれたのは、皆このような感じの肉体を持っていた。

廣橋はサナトリウムの特等室をひとりで占領していた。廣橋の家は僕のと違って大金持だから、そんなことも出来るのだ。あの海岸生活の費用も、僕の分は全部、廣橋が持って呉れたのだ。僕の身分ではとても避暑などできる余裕はない。結核にでも冒されれば、僕などは施療院に入るより他はないだろう。

廣橋は半年余りここに居て、そして死んだ。

その期間に僕は彼を、五六度も見舞ったかしら。そんな直ぐに死ぬとは思わなかったし、僕にも学校生活があるから、そうそうは出かける気になれなかったのだ。

零子は一度もサナトリウムに見舞いに行かなかった。叔母がそれを禁止したからだ。あんなところに行って、もし病気に感染すると大変だという理由だった。しかしお互いの文通はあったらしい。廣橋は零子が来ない事情を知っていて、そのことについて叔母の悪口をしきりに言ったりしていたから。

「非科学的なババアだな、あれは。療養所で病気がうつるもんなら、看護婦はみんな肺病になってしまう理屈じゃないか」

僕も相槌を打ちながら、廣橋が叔母にだけ怒っていて、その叔母の命令のまま見舞いに来ない零子には怒っていないことを、興味深く眺めていた。あんな零子の気性だから、来ようと思ったなら、来れない筈がない。しかし廣橋はそう思っていないようであった。しきりに叔母の悪口ばかり言った。

「あのババアは、前身は上海あたりの芸者なんだ。どうもそうらしい。だから迷信深くって、非科学的なんだ。あんなのに養われちゃ、ゼロも可哀そうだよ」

「しかしゼロはゼロで、どうにかやって行くんじゃないかな」

「いや。あの年頃というのは、周囲の影響を受けやすいからな。それにあのババア、妾だろう」

「妾？」と僕はすこし驚いた声を出した。

「妾さ。旦那があるんだ。なんだ、お前知らなかったのか」

旦那というのは弁護士か何かで、零子にも興味をもっているらしく、いつか叔母が留守の時に、零子にいたずらしかけたこともあるという。

「ゼロがそう言ったのかい」と僕は訊ねた。

「そうだ」

「しかしそれは本当かな」

僕はその時、零子のあの誇張癖のことを考えていたのだ。あの誇張癖は、彼女の自己愛から来るのではないか。僕は漠然とそういう推定をしていた。

「自分に魅力があると思いこんだ余りに、そういう妄想を抱いたという例を、僕は何かの本で読んだことがあるよ」

「ヒステリーか」と廣橋は苦しそうな声で言った。「零子はそうじゃなかろう。いや、そんなこともあるかな」

そして彼は軽くせきこみながら、黙ってしまった。少し経って僕が言った。

「あの叔母にあずけとくのが心配なら、早く下宿でも見付けてやって、独立させることだな」

「おれもそんなこと考えたんだけれどね」廣橋は弱々しく言った。「こんな病気になってしまったしな。ゼロはバレエを習いたいと言ってたよ。だから良い先生を見付けて、そこの内弟子にでもなって、早く独立するといいんだけどな」

「あの子のバレエはいいだろう」

「いいだろう」と廣橋はうなずいた。「いつか真似をして見せたことがあるよ。なかなかうまいと思ったら、毎晩寝る前に、姿見の前で稽古してるんだってさ。裸になってね」

鏡の前に裸になって、さまざまのポーズをつくっている零子の姿を、僕は瞼のうらにまざまざと想像できた。それはあの砂浜で見た零子の裸体と同じものであった。あの時零子はポーズをつくり、その表情にはげしい陶酔のいろを泛《うか》べていたのだ。鏡の前の零子も、きっとそれと同じ表情を泛べているにちがいない。その想像は僕の胸に、疼《うず》きのようなものをもたらした。

あのフィルムは、零子の言う通りにフィルムのまま、零子に手渡した。秋の学期が始まってからのことだ。廣橋は病にたおれてしまっていたし、僕はそのことのためにひとりで宇佐美家を訪問したのだ。そしてそれがきっかけのように、月に一度くらい、僕はひとりで宇佐美家に出入りするようになっていた。廣橋がいなくなったせいか、他の級友も訪問することを止めたようで、つまり零子と交際しているのは、僕一人になったわけだ。そのことを僕は級友にかくしていたし、廣橋にも別段打明けはしなかった。しかし廣橋はそのことを、零子の手紙で知っていたのだろうと思う。

年が変って、二月の寒い日であった。僕は久しぶりに思い立って、サナトリウムに見舞いに出かけた。サナトリウムの庭には雪が深くつもり、いつもより二倍ほども広く見えた。スチームであたためられた部屋に、廣橋は無精鬚をながく伸ばして、ベッドに横たわっていた。頬の肉がおちて、めっきりと、痩せたようだった。骨の形をした両掌を胸の上に組み、視線を動かすのもひどく大儀そうだった。

「食欲がぜんぜん無いんだ」

かすれた声で廣橋はそう言った。廣橋の病気の進行状態を僕は知らなかったが、その彼の顔に、僕は死相と言ったようなものを咄嗟に感じた。

「もう一年休学するんだな」と僕はわざと明るく言った。「人生は長いんだからな、一年や二年遅れたって」

廣橋がしゃべるのも大儀そうなので、僕らの会話はぽつりぽつりと、途切れがちになる。やがて沈黙がきた。いつか廣橋は眼を閉じていた。眠ったのかと思って黙っていると、五分ぐらい経って、やがて露わに突出た咽喉《のど》ぼとけが動いて、かすれた声が彼の唇から洩れた。

「君は今まで、誰か女を好きになったことがあるかい？」

「いや」と僕はしずかに答えた。「――一度もない」

「そうすると――」咽喉ぼとけが不気味にごくりと鳴って「零子が始めてという訳だね」

僕は黙っていた。黙って椅子に背をもたせ、廣橋の顔をじっと見ていた。やがて再び廣橋の唇がかすかに動いた。その眼は閉じられたままだった。それは押しつけるような口調であった。

「いつからあれを好きになったんだね？」

「――始めから」と暫くして僕は答えた。廣橋の声みたいに、僕の声もかすれた。胸がしめつけられるような気持であった。「川尻で会った時から」

「死ぬほど惚れているのか？」

僕はこっくりとうなずいた。しかし彼は眼をつむっているので、見えなかったに違いない。廣橋はつづけて口を開いた。

「あの女はさびしい女だよ」

「それは知ってる」

「あれは人から愛されても、誰も愛せないような女だ」

「そうかも知れないね」

それからまた沈黙が来た。僕は廣橋から眼を外らして、病室の窓から外の雪景色を眺めていた。一面の雪の色は、原始と云ったような激しいものを、またおそろしく空虚なものを、僕に感じさせた。沈黙がやがては耐えられなくなってきて、僕はどもりながら無意味な口をきいた。

「き、君もゼロを好きなんだね。つまり」

胸に組んだ指をゆるゆると解きながら、彼はかすかにうなずいた。

「時々夢にも出てくるな。病気してるから、なおのこと恋しくなるんだろうけれどもね。でも、俺はもう駄目だよ。君ひとつ申し込んで見たらどうだい」

「僕はいやだよ」はっきりと僕は言った。

「なぜ?」

「そんな役割は、僕には重すぎる。遠くから眺めてるだけで、僕はたくさんなのだ」

廣橋はやせた頬に笑いの翳をうかべながら、ぼんやりと眼をひらいた。そして言った。

「君らしい言い草だな。もっともその方が利巧なやり方だろうな」

廣橋と顔を合わせたのは、この日が最後であった。それから一箇月ほどして、彼は死んだ。だから廣橋と零子との間に、どんな心理のもつれがあったのか、ついに彼の口からは聞かなかった。聞き出そうというキッカケもなかった。なぜなら、やはり最後まで、僕は言葉を封じられた脇役だったから。

葬式が済んで、廣橋の墓が立った。場所は彼の故郷の墓地で、学校のある街から汽車で二時間ほどの行程だ。菜の花が咲いている頃、僕は零子に誘われて、そこに出掛けることになった。

　零子はもう学校を卒業したので、制服を脱いで、濃黄色のスーツを着ていた。その色は零子によく似合って、向日葵の花のように明るかった。僕は高等学校の制服制帽。零子の背丈を考慮して、朴歯《ほおば》の高下駄などを穿いていた。

　零子がどうして墓参を思い立ったのか、僕ははっきり判らない。見舞いに行かなかったから、その罪ほろぼしというつもりなのか。その気持もあったのだろう。彼女は墓にささげるための花束をかかえていた。

　廣橋の墓は、海の見える丘の上にあった。海の方から、まだ冷たい風が吹いていた。あの山のむこうがあの海水浴場ね、などと零子はその方向を指差したりした。

「吾郎さんも可哀そうね」花束を墓前に置きながら、零子は言った。「死ぬ時ずいぶん苦しんだのかしら?」

「さあ、どうだか。僕は臨終に立ち合わなかったから」

「あの病気は死ぬまで意識がハッキリしてるんですってね。最後はいつ逢ったの?」

「死ぬ一月ぐらい前だったね」

「その時、何か言ってた?」と零子はちらと僕を見た。「あたしのこと」

「そうだね」僕はちょっとためらったが、思い切って言った。「君のことを、愛されることだけ知っていて、愛することを知らない女《ひと》だと言ってたな。どういうつもりだか知らないが」

零子はすぐには返事しないで、じっと墓石を眺めていた。ガラス玉のように固くつめた い眼付きだった。

「あたし、人を愛せないのよ。吾郎さんの言う通り」少し経って零子は低い声でそう言った。僕にむかってと云うよりは、墓石に話しかけているように見えた。「ねえ。愛するということは、どういうことでしょうねえ」

「人のために自分を犠牲にすることじゃないかしら」

「犠牲?」零子はふっと僕にふりむいた。

「あたし何だかいつも、自分が犠牲者だという気持ばかりしてるのよ。いつもいつも」

激しく訴えるような口調だったので、気押されて僕は黙った。すると零子はそれに気付いたのか、調子を和めて話題を変えた。

「でも、吾郎さんはいつも、あなたのことを褒めてたわ。いい人だって」

「僕はいつも褒められるんだ」と僕は冗談めかして答えた。「褒められるほどお人好しなんだろう」

墓を背景に写真をうつしてやろうと言ったら、零子は頸を横に振った。だから僕は、山や海を背景にした零子の姿を、幾枚かカメラに収めた。

丘を降りながら、零子がこんなことを言った。

「あたし近いうちに、東京に出ることになるかも知れないの」

「へえ。叔母さんも？」

「それもよく判らない。どうなって行くものか、あたしもよく判らないのよ。女って駄目ね。あたし本当に男に生れたかった。女って不幸なものよ」

君の幸福の為なら何だってしてあげる。そういう言葉が、咽喉まで出かかっていて、僕は止しにした。その代りに、こんなことを言った。

「東京に行ったって、どこに行ったって、住所だけは必ず僕に知らせて呉れるかい？」

「ええ」と零子は笑った。「知らせるわ。困った時とか苦しい時には、あなたに相談の手紙を出すことにするわ」

椿の花があちこちに見える田舎道を、駅の方に歩きながら、この日のことを俺は死ぬまで忘れないだろうな、と僕は思ったりした。零子とこんな長時間行動を共にしたことはなかったし、零子も素直に僕によりそってくるような態度だったからだ。つまり僕にとっては至上の幸福な日だった。彼女が上京するかも知れないということが、僕にかすかな暗影を投げかけてはいたが。

ところがこの日が、僕が零子を相見た最後の日であった。十日ほどして、出来上った写真を持って訪ねたとき、宇佐美一家はそこに住んでいなかったのだ。門にかかった見知らぬ標札を眺めた時、僕は眼がくらむような気がした。やはり東京に行ったものらしかった。

そして東京からは、僕が待っていたにも拘らず、住所を知らせる手紙は来なかった。

5

二年経った。

僕は卒業まぎわで、大学の受験準備に忙しかった。そこへ手紙が来た。宇佐美零子からであった。

廣橋のことや零子のことは、日々の忙しさにとり紛れて、いつか僕の脳裡からうすらぎつつあったが、その封筒の文字を見た瞬間、やはり胸の血が湧き立つような感じがした。裏の所番地は、台湾台中市のある街の、何々方になっていた。封を切ると、文面は簡単であった。今表記の所に住んでいるということ、どうにか元気で生きているということ、もし渡台の節があれば立寄ってくれということ、などであった。

僕はすぐに返事を書いた。相当長い文面だったと思う。一度台湾旅行をしたいと思っていたこと、その節ぜひお眼にかかりたいということを書いた。台湾旅行をしたいと思っているなどとは、もちろん嘘だった。その手紙を見て、矢も盾もたまらなくなったのだ。しかしなぜ零子が台湾に渡ったのか、その事情はその手紙に何も書いてなかった。二年間にいろんなことがあったんだろうな、そう思うより他はなかった。しかし短い手紙を呉れたということだけで、僕は満足だった。

一箇月後、僕は大学の受験に合格して、東京に出た。その一学期、僕はほとんど学校に出席せず、もっぱら今でいうアルバイトなどをやって、一所懸命金をためた。もちろんその貯金で、台湾に行くつもりであった。

その間にも僕は何本か手紙を彼女に書いたが、返事は一度も来なかったのだ。何かあったのではないかと、僕は心配でもあった。とにかくそちらに旅行するからと航空便を出し、八月二十日、僕は門司から台湾行きの船に乗った。

始めて見る南国の風物は、僕にはことのほか珍らしかった。基隆《キールン》から台中までの汽車の窓から、水田の中に水牛や珍しい鷺《さぎ》を見たり、田舎道を通る台湾風の葬列を見たりした。三等車はほとんど台湾人で、理解できぬ言葉にとり巻かれて、僕は孤独であった。

台中のその所番地に着いて見ると、そこは安っぽい下宿屋みたいな家であった。女将みたいな肥った女が出て来て、

「ああ、あの人なら、二箇月ほど前引越しましたよ」

そう言って、台湾の東海岸のある小都市の名を教えて呉れた。その女の話によると、零子はある男と結婚していて、その男と一緒に東海岸に移って行ったのだと言う。深い事情はその女も知らない風であった。

僕は暑い日盛りを、汗をだらだら流しながら、バナナ売りなどが行き交う街を、急いで駅にとって返した。そして教えられた小都市までの切符を買った。

その街についたのは、翌日だった。道を訊ね訊ね、その番地を探しあてた。それは郊外にある小住宅地であった。二間か三間しかなさそうなその家の玄関に立ち、案内を乞うと、奥の間で昼寝をしていたらしい三十四五の男が、帯をしめながら出て来た。僕が来意を告げると、男はきょとんとしたような顔になり、やがてハッキリと言った。

「零子は死にましたよ」

「え。死んだ?」と僕は思わず大声を出した。

それからその男が話すところによると、この街に来た翌々日、タロコ峡という名勝見物に出かけ、その一番奥の断崖から身を投げて自殺したんだという。僕は愕然としてその話を聞いた。

「誤っておっこちたんじゃないかと言う人もあるんだけれど、やはり自殺だね。いつもから死にたいなんて言ってたからね」

この男が夫なのであろう。何か崩れたような口をきく、品のない男であった。僕はこの男と対座しているのが苦しくなって、タロコ峡への行き方を教えてもらうと、そそくさとそこを飛び出した。どんないきさつで零子がこんな男と一緒になったのか、詮索する興味ももう無かった。僕の頭を満たしているのは、零子がもうこの世に居ないということだけだった。ぎらぎら輝く灼熱の太陽の下で、僕は疲労と落胆のために、ほとんどよろめきそうになりながら歩いた。零子が身を投げた場所を、一眼だけ見て帰ろう。その思いが辛うじて僕を支えていたのだ。

タロコ峡というのは、実に雄大な峡谷であった。あんな豪壮な山の形を、僕は他には知らない。

道が極まると彼岸まで、吊橋がかかっていた。吊橋の高さは、数百尺もあった。そんな吊橋がいくつもあって、どうしてもそれを渡らねばならなかった。吊橋の橋板は、幅が一尺ぐらいで、その板を鉄線が吊り上げて支えていた。板の隙間や鉄線の間から、はるか下方に渓谷の水流が小さく流れていた。

背筋が泡立つ恐怖に耐えながら、僕はそれらを次々に渡った。僕の歩みで吊橋が揺れ出すと、僕はもう立って居られなかった。橋板にしがみついて、這って歩いた。零子はここを立って悠々と渡ったに違いない、と思ったりしながら、僕は惨《みじ》めに冷汗を垂らしながら這った。いつか零子がかげで評したように、僕は全く一匹の蟹のようにのろのろと這った。そのことで零子に通うものがありさえすれば、僕は泥蟹でも何でもよかった。

そしてやっとのことで、奥の断崖まで来た。それは直下三、四千尺ほどもある、垂直に切り立った大断崖だった。零子が身を投じたのは、ここからであった。

そこには誰もいなかった。見物客は僕だけであった。一面の蟬時雨の中を、僕は勇を鼓して断崖の端に近づき、四千尺のすさまじい深みを俯瞰した。

「零子!」

僕は大声を出して叫んだ。病獣の啼き声みたいなその声はしどろに乱れながら、すさまじい深みにむなしく吸いこまれて行った。僕は胸がはり裂けそうだった。

「零子!」

熱い涙が両眼にあふれ、とめどなくしたたり落ちた。風景も何も見えなくなってしまった。このすさまじい大断崖から、あの零子の現身《うつしみ》は、鳥のように飛び立ったのか。

やがて僕は涙をぬぐい、崖鼻から身を退いた。僕の生涯でひとつのことが、今完全に終了したことを、僕はその時ありありと自覚した。あとは空しく抜殻のように生きるだけか。そんな感慨が僕の胸に湧き上ってきた。しかしそれは誰を怨《うら》むすべもない事であった。すべては僕の生き方の不徹底さから、生れてきたことなのだから。

——それからかれこれ、十五六年経つ。僕は今こうして、平凡な中年男として、俗塵に生きているのだが、零子のことはやはり火傷の痕跡のように、僕の胸の奥底に灼きついている。じっさい僕は時折アルバムを開いて、零子の写真に飽かず見入ることがあるのだ。僕は年をとっても、アルバムの零子はいつも変らず若い。そしてその最後の頁には、あの三枚の全裸の写真も、こっそりと貼ってあるのだ。僕は零子のために何も出来なかったけれども、少くとも僕は彼女を裏切りはしなかった。この三枚をこっそり焼付けたことだけが、僕の唯一の裏切りなのだが、それも僕の心事を汲んで零子はきっと許して呉れるだろう。

（「小説公園」一九五一年十月号）

拐帯者

十字路は、混雑していた。

富田商事会社の社長秘書穴山八郎は、しばらく立ち止って、道路の向うの交通信号燈を、いらだたしげに眺めていた。赤が出ている。赤の信号燈が、縦の人波をせき止めている。八郎はまたたきをした。信号燈の赤は、まだまだ赤いままで、なかなか青に変ろうとはしなかった。歳末大売出しの紅や黄ののぼりが揺れている。自動車の警笛。路面電車の車輪のきしり、広告塔から流れ出る濁った器械音。どんよりと垂れ下った雲の色。

(畜生め、俺を向うに渡さないつもりか)

彼は舌打ちをした。そしても一度信号燈に眼をやり、憤然としたように背をむけ、今来た方向に足を踏み出した。その瞬間、信号燈の色が変ったらしく、彼を取巻く人波の空気がざわざわと揺れる。背をむけた以上、引返すのも業腹《ごうはら》であった。動く人波に逆らうようにして彼は歩いた。茶色の革鞄を、両手で胸に抱きかかえたまま。その八郎の恰好は、ちょっと蟹に似ていた。

（お茶でも飲むか）

さっきから咽喉《のど》が乾いていた。昼食に食べた中華そばの汁が、少々辛すぎたらしい。それなら汁だけ残せばよかったのだが、お腹もすいていたし、また心にむしゃくしゃすることもあって、意地汚なく、最後の一滴まで呑みほしてしまったのだ。実際あそこの汁は、いつも辛すぎる。もうこれから昼食に、あの中華そば屋に行くのはよそう。

八郎は立ち止った。横丁を見た。二軒目の店に角燈がかかり、ガラス扉に金文字が『ロンドン』と浮き出ている。彼は革鞄をかかえ直し、つかつかとその方に歩いた。扉を押して、とっつきの卓に腰をおろし、あたりを見廻した。派手な服をつけた白茶けた顔の女が、奥からあらわれた。

「いらっしゃいませ」

見廻した感じでは、ここは喫茶店でなく、酒場であるらしい。棚には洋酒瓶がずらずらと並び、卓上にメニューは出ていない。八郎は少し顔をあからめ、腰をもじもじさせた。しまったと思ったのだ。

「何になさいますか」

と女が訊ねた。女の頬には職業的な微笑がぼんやりと浮んでいた。レモンティーが飲みたかったんだけれども、言い出せなくなってしまった。八郎はややまぶしげな眼付で女を見た。声はかすれてどもった。

「ビ、ビール」

ビールが卓に運ばれて来るまで、彼は鞄を胸に抱き、眼をつむって、じっとしていた。まだ明るいので、店の客は彼一人だ。

(会社の連中、さぞかし俺の帰りを待ち侘びているだろう)

胸に抱いた古鞄の中には百二十余万円の紙幣束が入っている。富田商事の社員に配るボーナスの全額なのだ。昼過ぎ、社長の命令で、穴山八郎が銀行に行くことになった。社長はその時、八郎の顔を見据《す》え、冗談めかした口調で言ったのだ。

「持ち逃げするんじゃないよ。な、穴山」

八郎はちょっと困惑し、まごまごした。実を言うと、銀行に行けと言われた瞬間、彼も、その金を持ち逃げする自分の姿を、ちらと頭のすみで想像していたからだ。社長の声がかぶさった。

「もっとも君にはそんな度胸はないだろうがな。わははは」

富田社長は、年は四十四五の戦後派社長で、内心は狡猾でケチで小心者のくせに、うわべは豪快をてらう型の男だ。その豪傑笑いを聞く度に、八郎は顔には出さないが、あまりいい気持はしない。豪傑笑いで人をごまかしておいて、かげではこそこそと狡《ずる》いことをやる。面白くない。ことに一週間前、タイピストの岡田澄子のことを聞いて以来、八郎の内心の不快はますますつのってきていた。あの富田社長が、岡田澄子をいつの間にか誘惑してモノにし、オフィスワイフに仕立てているという噂だ。八郎はその噂を、便所の中で聞いた。彼が入っている扉の外で、二人の男が用を足しながら、そんな話をしていたのだ。

「本当かい？」

「本当だとも。二人の姿が温泉マークに入って行くのを見た奴がいるんだ」

「へえ。オヤジもうまいことをやるんだな。それにしても澄公、手もなくいかれたもんだなあ」

「金だよ。金さえありゃあね。金へ金へと女はなびく――」

八郎は息をつめ、耳をそばだてていた。それから急に声が低くなり、短い忍び笑いに変り、

「へえ。穴山がね。あの蟹《かに》公がねえ。そうだったのかい」

「そうだよ。まだ当人、知らないらしいが、知ったらさぞかしガッカリするだろ」

「知っても相手が社長だからな。泣寝入りの他ないよ。宮仕えの辛さか」

八郎は顔を充血させ、全身を堅く凝《こ》らしていた。やがて二人の足音は、話声と笑声と共に、外の方に遠ざかって行った。怒りと屈辱のため、八郎はそのまま五分間ばかり、身動きも出来ないでいたのだが——

ビールが来た。

はっと我に返ったように、八郎は顔を上げた。白茶けた女の顔が、その八郎に、からかうようにほおえみかけた。

「ずいぶん深刻そうな表情ね。金でも落した人みたいだわ」

「うん。いや」

八郎は口をもごもごさせて、コップを手に取った。鞄は両膝の間にしっかりはさんだままである。女は瓶を傾けて、とくとくとビールを注いだ。そして女は、卓の向うに腰をおろした。八郎は咽喉《のど》を鳴らしながら、一気にコップを飲み干した。

「失恋でもしたの？」

ふたたびコップをみたしながら、女が訊ねた。八郎は口のまわりの泡を拭いた。妙に狼狽したような表情で女を見た。

「そうでしょ。そう顔に書いてあるわ」

「うん」

八郎は二杯目のコップをとった。咽喉がからからに乾いていたので、ビールの冷たさがのどぼとけから食道に、ひりひりと沁《し》み渡るようであった。コップを卓にがちゃんと戻しながら、八郎はやっと表情をゆるめて、椅子の背に軀《からだ》をもたせかけた。

「失恋もしたし、と」

「ボーナスも落したし、と」

おうむ返しに女が口真似をした。

「ボーナス？　そんなもの、落すもんか」

すこし気持が軽くなって、八郎はそう答えながら、女の方をちらと見た。職業的な微笑とともに、女はまっすぐ八郎を眺めている。八郎はかすかな羞恥を感じた。

「僕は絶対に落さない。金を落したことは今までに一度もないよ」

「拾いはしてもね」

「そう」

三杯目のコップに手を伸ばしながら、

「拾ったことは、たびたびだな。げんにここにも——」

八郎は膝にはさんだ鞄をかるく叩いた。もちろん冗談のつもりだったが。——

「拾った金が入ってるのさ。誰か莫迦《ばか》なやつが、袋ぐるみボーナスを落しやがって」

女の顔から急に微笑が消え、頸《くび》を伸ばして、膝の鞄をのぞき込むようにした。八郎は無意識裡《り》に、軀をぎょっとうしろに引いた。

「ほんと?」

「ウソさ。冗談だよ」

「ああ、まるで本当みたいだったわ、あなたの言い方」

「そうかい」

すこし顔がこわばるような感じで、視線を鞄に落した。はさんだ膝に、鞄の中の紙幣束の厚みが、ありありと感じられる。岡田澄子のことが、苦痛を伴って、ちらと頭のすみを走り抜けた。この一年来、八郎はひそかに彼女に思いをかけていて、まだ言い出せないでいた。今度ボーナスでも貰ったら、何か贈物をして、思いのたけを述べてみる心算《つもり》だったのだが。——そのボーナスが、この鞄の中に入っている。他人のボーナスと一緒に。

「おビール、召上る」

八郎は時計を見た。四時半を指している。社長は待ちくたびれているだろう。そろそろ怒っているかも知れない。

(君にはそんな度胸はないだろうがな)社を出る時の社長のがらがら声が、突然八郎の耳によみがえってきた。何かに追っかけられるように、彼は口をひらいた。

「ビール。いや、ウィスキーを呉れ。ウィスキー」

ちょっとした何でもないことが、人の心理や行動を、間々急角度に狂わせることがある。いや、この言い方は正確でない。かねて急角度に動きたがっている人間の心理が、たまたま何でもないことにぶつかって、いい機会とばかり、急旋回するだけの話だ。穴山八郎の場合も、ややそれに近かった。

午後五時、穴山八郎はビールとウィスキーでいい気持になっていた。『ロンドン』を出ると、夕闇が街におちていた。その夕闇の色は、いくらか彼をギョッとさせた。

（もうこんな時刻か）

彼は時計を見て、鞄をぐっと抱え直し、急ぎ足で歩き出す。夕風が熱した頬に、ひやりとつめたい。怒られるだろうなという予感と、俺にもビール飲むぐらいの度胸はあるんだぞという虚勢が、一歩一歩彼の胸に入り乱れる。歳末の夕方の大通りは、ますます人通りを増して、もうまっすぐに歩けない程だ。肩と肩とがぶっつかり、体と体がこすれ合う。八郎はやはり、鞄を胸に抱きしめるようにして、交叉点へ急いでいた。こんな人混みだから、どんな悪い奴が飛び出して、鞄を奪って逃げないとも限らない。こいつを奪われたら、天下の一大事だ。度胸どころの騒ぎではない。

「畜生！」

八郎は口の中でつぶやいて立ち止った。交叉点まで来た瞬間、道路の向うの信号燈が、心急《せ》く彼をあざけるように、パッと赤に染ったのだ。勢い込んで来たところを、いきなり張り手を食わされたみたいで、腹が立つ。人混みに街路樹に身体を押しつけられながら、八郎は忌々《いまいま》しく背を伸ばした。電車や自動車や自転車が、あらゆる雑音を発して、八郎の視野を左右に流れてゆく。八郎は舌打ちをした。

「いよいよもってこの俺を渡さないつもりだな」

この交叉点を渡らねば、富田商事には帰れないのである。それなのに、渡ろうとする度に、信号燈は意地悪く赤になる。百二十万円という大金を正直に持ち帰ろうとする俺の善意を、大きな何者かがせせら笑っているみたいだ。赤い信号燈を見詰めながら、八郎はそう考えた。隣りの男の肱《ひじ》がその瞬間八郎の鞄にふれた。八郎はぎくりとしたように体をよじり、その男をにらみつけた。にらまれたのも知らぬ気に、その男もいらいらと貧乏ゆすりをして背伸びしている。彼と同じ位の年配の善良で働きのなさそうなサラリーマンタイプの男であった。八郎は再び舌打ちをして視線を戻した。信号燈はまだ赤のままだ。

（あいつら、俺のことを蟹と言ったな！）

一週間前の社の便所でのことを、八郎は思い出したのだ。あの男たちは、もちろん社員には違いないが、声だけでは誰とも判らなかった。しかしあいつらは、岡田澄子に対する俺の感情を、何故知っているのだろう。あいつらが知っているからには、他の者も知っているに違いない。でも、どうして判ったのだろう。今まで澄子に愛を告白したこともないし、そういう態度を示した覚えもない。向うは社でも有数の美人ではあるし、こちらは安月給の、しかもあまりぱっとしない風体だ。

（蟹！）だから今まで気おくれしていた訳だが、その俺から澄子への愛慕を、どうやって奴等は嗅ぎつけたのだろう。街路樹に背をこすりつけながら、突然八郎はうなり声を立てたくなるような烈しい屈辱と羞恥を感じた。この感情はあの時以来、一日に四五度は彼におそってきていたのだが、今はいささかの酔いといらだちのためか、直接になまなましく胸をつき上げて来た。八郎は思わず唇をかみしめ、眼をかたくつむった。巷の轟音のみが、耳にあふれてくる。

「岡田澄子――」

眼を閉じた短い時間、八郎は澄子のことを思った。澄子は調査部付きのタイピストだ。昨年入社したばかりの、まだ少女の俤《おもかげ》を残したようなあどけない娘だ。背がすらりとしている。もしかすると、五尺三寸の八郎よりはすこし高いかも知れない。赤いセーターがよく似合う。肌は小麦色で、すべすべしている。昼休みになると、近所の小公園でバレーボールの練習をやる。学校時代に選手だったそうで、身のこなしも水際立っている。八郎はその姿を眺めるのが好きであった。彼女がボールを軽くトスする時、セーターの中で乳房が揺れ、形の良い脚が地を蹴って伸びる。スカートがひるがえって、可愛い膝頭や、もっと上の部分がちらとのぞけたりする。ボールにたわむれる彼女の顔は、かすかに汗ばんで紅潮している。あの身体は、筋肉がしまってすらりとしているが、十五貫はたっぷりあるに違いない。

「澄子――」

雑音の渦巻。眼をつむったまま、八郎は顔をしかめた。その清純な魅惑的な身体が、あの富田社長のでくでくした肉体によって、無慚《むざん》にもふみにじられてしまう。その情景が閉じた瞼のうらに、まざまざと浮んで来たからだ。温泉マークの一室。剛《こわ》い胸毛が密生した、山賊みたいな社長の肉体。小鳩のような澄子が逞《たくま》しい男の手で、衣服を一枚ずつ剝がれてゆく。もうすべてがあからさまな小麦色の肌。――その空想の刺戟に耐えられなくなって、八郎ははっと眼を開いた。あらゆる色彩の光が、どっと眼の中に流れ入って来た。彼は急いで視線を信号燈の方に動かした。――赤が出ている！

「よし！」

声にならない声が、八郎の唇の端で消えた。彼は鞄を抱え直すと、肩や肱をそびやかすようにして、人混みをかきわけかきわけ遮二無二動いた。もちろん会社と逆の方向にである。あとで後悔するかも知れない。その思いはあった。しかしまだ踏切《ふんぎ》りがついたわけではない。そこらでお茶でも飲んで、それから会社に戻ろうと思えば戻れるのだ。

軽い酔いが八郎の靴の爪先に、必要以上に力をこめさせていた。靴は薄暮の鋪道にかつかつと鳴った。

扉のしまったビルディングの脇のうすくらがりに、易者が小さな店を出していた。白木の台に燈がともり、『手相人相運命判断』という文字を浮き出している。易者は若い女である。その女易者の眼と、八郎の眼が、ぴたりと合った。

八郎の歩調はためらうようにゆるみ、そして吸いつかれるように台の方へ近づいて行った。この人はおどおどしている。とっさに女易者は職業的な観察眼をはたらかせた。

「見て呉れるかね、手相」

「どうぞ」

八郎は鞄を持ち換えて、右の掌を差出した。女易者の掌がそれに触れた。

易者の歳はまだ二十前後らしい。ルパシカみたいな灰色の上衣を着けている。無雑作な断髪なので、白いうなじが見える。八郎はぼんやりとそこを見おろしていた。視野一面の夜の色の中で、そこだけが白く生きている。

易者の指は、細くつめたかった。その指は、八郎の掌のあちこちを押して見たり、親指の関節をくねくねと曲げて見たりする。関節の硬軟や反り具合をしらべるのらしかった。まだ何とも言い出さない。仔細に調べているだけである。

(岡田澄子に似てるな)

掌を無抵抗に易者の指にあずけながら、八郎はちらと考えていた。どこか澄子に似ている。どこがどうとはっきり似ているのではないが、顔立ちの素直さやすらりとした襟首の感じなどが、何となく澄子のそれを聯想させる。さっき、ビルのかげにちらと一目見た時、先ずその感じが八郎に来たのだ。手相を見せるなんて今まで考えたこともないのに、ふらふらと台に近づいたのも、その感じからであった。易者はまだ何も口を開かない。八郎はすこし息苦しくなってきた。白いうなじから、ほのかに若い女性の匂いが立ちのぼってくるようであった。気のせいだったかも知れない。易者がふっと白い顔を上げて、八郎を見た。

「おいくつ?」

「え?」

「年齢《とし》のことよ」

「二、二十八」

八郎はどもった。易者はまた掌に視線を戻し、筮竹《ぜいちく》を一本とり上げた。そしてはっきりした声で言った。

「あなたは惰性で生きていらっしゃる」

八郎はぎくりとした。もやもやしたところを、うまく言い当てられたような気がしたからだ。易者は筮竹の尖端を、運命線に沿ってゆるゆると移動させた。

「このきれぎれの運命線は、性格の弱さ、精神力の薄弱などを示し、しばしば生活に窮し、依存的な生活におちいる傾向を示していますね」

易者の声は、やや職業的な、中性的な、響きを持った。易者は筮竹をあちこち移動させながら、八郎の意志や決断心の弱さ、怠惰な傾向、度胸の欠乏など次々と指摘した。度胸がないと言われた時、八郎は思わず反問した。

「どこにその相が出てるんです?」

易者は心情線を指した。そこにその相が出ているのらしい。それから筮竹は小指の下へ移動した。

「あなたはこの抵抗丘が、非常に弱小でいらっしゃる。これは小心翼々として、臆病だという相です。それから——」

易者はちらと上目を使って、八郎の顔を見た。

「今あなたは、女性のことで悩みを持ってらっしゃる」

八郎は黙っていた。易者はつづける。

「愛情丘に島状紋が出ています。これは邪恋とか、異性との相剋、愛情のトラブルを示します。あまり良い相ではありませんね」

易者は筮竹を置いた。八郎の掌は宙に浮いた。持ち重りのする鞄を、左脇にたぐり上げながら、しばらくして八郎は沈んだ声を出した。

「ぼ、ぼくは今、思い切って、あることをやろうと思っている。そ、それで――」

「おやりになった方がいいでしょう」

と易者は断定するように答えた。

「決断することであなたの運命は大きく転換する、相に出ています」

八郎は何か言おうとして、口をもごもごさせた。しかしそれは声にはならず、歪んだような奇妙な笑いが、やがてぼんやりと彼の頰にのぼってきた。その笑いは、光線の暗さのためか、やや邪悪な翳《かげ》を含んでいるように見えた。低い押しつぶされたような声で、

「君が責任を持つかね？」

「え？」

「僕が今踏切ろうとすることに、君が責任持てるかと言うんだ」

易者は首を傾けて、八郎を見上げた。そして白い頬をほころばせて、短い笑い声を立てた。冗談だと思ったのだろう。それに応じた調子になって、

「ええ。大丈夫。思い切ってやりなさいよ」

「思い切って、それで悪い結果になったら、どうして呉れるんだね？」

「あたしが全身で責任持って上げるわ」

「全身で？」

易者はいたずらっぽくこっくりしながら、また声を立てて笑った。口紅をつけない唇の間から、濡れた舌の先がちらと見えた。八郎はその瞬間、この女易者に、強烈な接近を感じた。たとえば共犯者への信頼感か連帯感とでもいったようなものを。

「全身でって、大げさな言葉だね」

「だってこれでもあたし、身体を賭けて生きてるんですもの」

「君みたい若い娘さんが、どうしてこんな職業を選んだの。家庭の……」

「それは行き過ぎよ」

易者はたちまち真顔に戻って、ぴたりとさえぎった。

「あたしは手相を見るだけ。あなたは手相を見られるだけ。それ以上立ち入ることは、お

ことわりよ」

「そうかい。それもそうだね」

八郎は掌を引込めた。

「見料はいかほど？」

「百円いただきます」

八郎はポケットを探ろうとした。そして思い直して、ガチャリと革鞄をあけた。手をさしこんで、そろそろと紙幣束をまさぐる。その感触にはひやりとした戦慄があった。

（いよいよ使い込むぞ！）八郎の指が、束の中から一枚の紙幣を、するすると引っぱり出した。

「こ、これでおつりを」

「おつりなんかないわ」

八郎は肩すかしを食わされたような、途惑《とまど》った表情になる。そしてその千円札を未練げにポケットにしまい、別の百円札を取出す。それを台の上にひらひらと落し、外套の襟を立てながら言った。

「有難う。思い切って、君が言う通りやってみるよ。さよなら」

舞台では白い裸女が、音楽に合わせて踊っていた。

赤や黄や緑のスポットライトが、めまぐるしく交錯し、トランペットが破れたような音をはり上げる。踊り子たちは皆、白い裸身に申し訳程度の布片をつけ、客席に流し目をおくりながら、手足や胴体を思わせぶりに屈伸させていた。その中の一人が今、大きく動作を変えながら、中央の張出舞台にしずしずと出て来る。ライトがそれを追って移動する。その照明は、ついでに、舞台の両翼の客席をあかあかと照らし出した。そこらの座席は、ぎっしりと満員だ。いきなり光をぶっつけられて、てれくさそうに顔をそむける客。観念したようにじっとしている客。それらの顔々に交って、穴山八郎の顔が、しごく無感動な色をたたえて、ぼんやりと舞台の方に視線を放っていた。れいの革鞄は、しっかと八郎の胸に抱きしめられたままである。

（これで二百五十円は高いな）

踊り子の無意味な動きを眺めながら、八郎はふとそんなことを考えていた。さっき易者の台を離れる時、厚氷を力まかせに踏み破るような切ない戦慄があったのだが、それも束の間で、ものの一町も歩かないうちに、糸の切れた奴凧《やっこだこ》みたいな不安定な感情が、彼の全身を領してきたのだ。

（さて、何をしたらいいのだろう。ここに百二十万円あるのだが――）サンドイッチマンが立っていた。人形めいた扮装で、時々わざと手をぎくしゃく上げ、劇場の入口を指差している。それを見たとたん、何か命令された如く八郎は、ふらふらと劇場に入って切符を買い求めたのだが、裸女が無意味に踊り動く同じような場面ばかりで、これで二百五十円とは高過ぎる。百二十万円も持っていることをちょっと失念して、八郎はそんなことを思う。それに、裸女と言ったって、全くのヌードでは絶対にない。ストリップ小屋に入るのは、これが初めてだから、少々の期待はあったのだが、裸であるらしく見せかけて、大切なところはチャンとおおい隠してあるのだ。おおい隠してある癖に思わせぶりな恰好と動作で、お客の目を釣ろうとしている。彼は呟《つぶや》いた。

「ふん。莫迦《ばか》々々しいったらないや」

すぐ傍に張出した花道の、八郎の眼と等高のところに、踊り子の肉体が身悶えするようにくねくねと動いている。ライトに染ったその肌の色が、むしろ俗悪でいやらしい。八郎は小さなあくびをした。思い切って百二十万円拐帯《かいたい》する気になったのに、こんな莫迦げた場所で貴重な時間を潰《つぶ》すなんて、まったくの本末顚倒ではないか。もう先刻の酔いもほとんど醒めていて、富田社長の怒った顔や同僚たちのあざけり顔が、押えようとしてもチラチラと頭に浮んでくるのだ。それらは逃げ廻る八郎の意識を、遠くから鈍く重くおびやかしてくる。(復讐だ!)

八郎は身体をずらして、そっと立ち上った。鞄を抱きしめ、数百の客席の視線に逆らうように、出口の方に歩く。空いた八郎の座席をねらって、二三の影がすばやく移動する。音楽は鳴りわたっている。

(復讐だ！)

扉を押して廊下に出る。階段を一歩一歩降りる。何に対して俺は復讐しようというのか。彼はハンカチを出して、つめたい額の汗を拭う。もうこの世のものでない豪華な、目くるめくような烈しい快楽。そんなものを、彼の心は切に欲し始めている。その癖、遠くのどこかで何ものかが、冷やかすような嘲けるような声音で、彼に不断に話しかけてくる。

(まだ間に合うんだぜ。今からその金を、会社に持って帰ればさ。どうだい。え？)

スタンドに肱《ひじ》をついて、酒を飲んでいた。穴倉みたいに暗い、雑然とした大衆的な酒場である。炭火の上で、焼鳥がじわじわと焼け焦げ、煙とにおいが部屋に充満している。酒は熱かった。善良そうな顔つきの女が、スタンドの向うから八郎に話しかけてきた。

「鞄、お預りしましょうか」

「いや。いいんだ」

八郎はあわてて鞄を抱きしめるようにする。そしてその自分の動作をごまかすためにわざと調子のいい声を出した。

「うまいね。ここの焼鳥」

「自慢ですもの」

「うめえなあ、こりゃ」

会話を引き取ったのは、先刻から八郎の隣りに腰掛けてしきりにコップを乾《ほ》している男であった。相当酔っているらしく、呂律《ろれつ》も怪しい声で、さっきから誰彼となく話しかけてばかりいる。年は八郎より少し上らしいが、やはり古鞄をぶら下げた、月給取りらしい風体だ。すり切れた外套の肱からしても、おそらく会社でも下っ端なのであろう。下っ端の気楽さと忿懣《ふんまん》が、その酔い方に典型的にあらわれている。

「なあ、オヤジ、この焼鳥は、何だい。表の提燈《ちょうちん》には鷭《ばん》などと書いてあるが」

「ええ。鷭と申しますのは――」

団扇《うちわ》をバタバタさせていた年若い主人が、愛想のいい顔をこちらにふりむける。

「――鶴目秧鶏《おうけい》科のちゃぼ大の鳥で、全身灰黒色、翼は橄欖《かんらん》褐色、嘴《くちばし》は黄色で、大鷭小鷭とありまして、冬の肉がしまって、一等おいしいようで――」

「なに。オオバンコバンだと。そりゃ全く花咲爺みたいだな」

と酔漢はからむ。

「その割にこの肉、一向にしまってないな」

「はあ。今日のは鶏の肉でございます。今度いらっしゃる時は、鶺を用意して置きます」

女たちが笑い出す。酔漢の眼は、今度は壁に貼られた短冊《たんざく》の方にうつる。

「え。なになに。乙女白息ルパシカの肩の髪ゆたか、だと。べらぼうに下手糞な川柳だな。わけ判らんじゃないか」

「あれは俳句でございます。富田直路という新進の俳人の句で」

主人は落着きはらってそう答える。笑声。八郎は、寝入りばなを起された子供のようにぎくりとする。富田という名前から、社長のことをはっと思い出したからだ。八郎の視線は、不安気にそこらあたりに動く。その視線がたまたま、スタンドの端の黒い電話機に、ぴたりと止る。燈の色を吸って、黒々としずもっているその受話器。八郎の眼はしばらくそこに釘づけとなっている。酔いのせいか、その眼はやや赤く血走っている。

(あの受話器を外して、ダイヤルさえ廻しさえすれば)

その誘惑に抗し切れないように、八郎は身ぶるいをする。

(今日の宿直は、誰だったかな。山田――鈴木?)

「おい。元気出せよ」

隣りの酔漢の掌が、力まかせに八郎の肩をたたく。八郎はぎくりとふり返る。

「元気、出せよ。飲みにきてまで、クヨクヨするなよ。なあ、我が同志」

「クヨクヨなんか」

酔漢の眼は、言葉の荒っぽさに似ず、案外しょぼしょぼとして、見るからに善良さにあふれている。言わば救いを求めるような、弱々しい眼だ。（ああ俺の眼と同じだ）瞬間に八郎は思う。

「電話掛けようかと思ったんだ」

「掛けなよ。迷うこたあない」

「じゃ、掛けようかな」

八郎は腰を浮かした。しかし会社に掛けて何を聞こうというのか。何を確かめるのか。女が気を利《き》かせて、電話機を八郎の前に持ってくる。

「さあ、どうぞ」

八郎は受話器をにらみつける。そしていきなりわしづかみして、ダイヤルを廻す。ベルの音がして、やがて相手が出てくる。八郎はつくり声を出す。

「もしもし。富田商事ですか？」

「そうです」

宿直の鈴木の声だ。その声の彼方に、小さく固いものを、ガラガラとかき廻す音がする。

麻雀をやってるな。八郎は鹿爪らしい声で訊ねた。

「社長さんおいででしょうか。おいでででしたら一寸お電話口まで」

「社長。社長はもう帰りましたよ」

そして、ガチャンと向うから電話を切ってしまう。八郎は妙な顔をして、しぶしぶと受話器を戻す。（バカ野郎奴！）八郎はコップへ手を伸ばす。（ボーナス持ち逃げされたってのに、呑気に麻雀などやってやがる？）コップの残りを、ぐいと飲み乾す。（社長が出て来たら、あやまって、これから会社に戻ろうと思っていたのに）

傍から酔漢が話しかける。

「もう、電話、済んだのかよ」

「済んだよ」

もう一杯酒を注文しながら、八郎はさばさばと答える。もうどうにでもなれといった気持だ。

「もう何もかも済んだ。今日は今から飲むぞ。大酒飲んで大遊びするぞ」

酔漢は名刺を出した。しょぼしょぼした下っ端のくせに『大河原帯刀《たてわき》』などという堂々たる名前を持っている。人なつこいたちだと見え、別れようとすると八郎の袖をつかみ、なかなか離さなかった。

「今晩は俺とつき合えよう。袖触り合うも他生の縁じゃないか。金はまだ、ボーナスが少しばかり残ってるぞ」

大河原の善良さにも引かれる気持はあったし、気楽な飲み相手だったし、強いて別れたって、自分一人ではどうして遊んだらいいか判らなかったし、八郎はずるずると大河原につき合った。焼鳥屋を出、(その勘定は大河原が無理に払った) それからまた二軒ばかり廻った。その一軒は、小さなキャバレーみたいなところで、派手な女たちがそばに坐り、バンドが鳴り響き、フロアでは人影がなめらかに動き、火薬を詰めた小さな紙筒が、あちこちで景気よくパンパンと破裂した。女たちが運んでくるのは、もっぱらビールである。バンドがかきならす曲目は、『ホワイトクリスマス』『ジングルベル』。八郎の酔眼には、そこらあたりは、ごちゃごちゃに引っかき廻した切紙細工に見えた。

「ねえ。クリスマスの券、買ってよう」

傍に坐った半裸の女が、鼻を鳴らした。

「ねえ、一枚たった二千円なのよ。よう。買ってよう。社長さん」

「僕は社長じゃないよ」

鞄を相変らず抱きしめたまま、八郎はやや呂律も怪しく答える。その会話を聞きとがめたように、大河原がそばから口を出す。

「いや、えらい。よくぞ見抜いた。この人は、我が社の社長だよ」

「よせよ」

「ねえ。社長さん、買ってよ」

女が八郎にしなだれかかる。露出した肩の筋肉が分厚い。よく脂肪がのって、五寸位の厚みはありそうだ。強い香料が八郎の嗅覚をくすぐる。八郎は身体を引くようにして、その女の裸の肩を見る。その肌の色は逸楽的ではあるが、八郎が今夜望んでいる快楽とは、どこか異っている。彼は突然、強い退屈を感じる。（どうにかしなくては！）大河原は向うの女と、何か冗談を言い合いながら、ケラケラと笑っている。

その次の一軒は、天ぷら屋の二階であった。二階と言っても、すすけたようなこの一部屋だけである。大河原は顔馴染《なじみ》らしく、酒や天ぷらを運んできた少女に、心易げな冗談口を利いたり、手を握ったりした。少女は丁度、色気がつき始めたという年頃で、

「いけすかないわ」

「いけすかないったら、ありゃしない。この大河原さんったら」

口癖みたいに、ちょっと訛《なま》りのある声で発音した。田舎田舎とした顔立ちだが、もう眉黛《まゆずみ》を引いたり、口紅を濃くつけたりしている。爪も赤く染めているのだが、水仕事でふく

らんだその手には、極めて不似合だ。大河原の悪ふざけを口ほどには厭がっている風でもなかった。

少女が階下に降りてゆくと、大河原は大げさに慨嘆するように言った。

「もうあの娘も、生娘《きむすめ》じゃないんだぜ」

「どうして判るんだ？」

「そりゃ判るさ。態度や恰好でね」

二人は天ぷらを食べた。あまり旨《うま》くなかった。大河原はここでは酒を飲まず、すこしずつ酔いが醒めてきた風である。何だかすこしずつ元気がなくなってくる様子で、口数も少くなってきた。八郎は銚子をつきつけた。

「さあ。も少し飲めよ」

「いや、もう」

眼をしょぼしょぼさせて、海老の尻尾などをはき出している。やがて力なく坐り直すと、内ポケットから紙袋をとり出した。年末賞与と書いてある。大河原はそれを逆さに振った。百円紙幣が六七枚、ぱらぱらと畳に落ちた。大河原は八郎の顔を見て、哀しそうな声を出した。

「もうこれだけになっちゃった。どうしよう？」

「どうしようって、使えばなくなるさ」

「そりゃそうだけど、このボーナスを待っている女房子供の身にもなってみると――」

大河原は手巾《ハンカチ》を引っぱり出して、眼尻を押えた。涙が出ているわけではないから、ちょっと恰好をつけてみたのらしい。

「僕は泣きたくなって来るよ」

「じゃ、使わなきゃ良かったじゃないか」

八郎はすこし呆れて、つけつけと言った。大河原は叱られた幼児みたいな表情になって、上目使いをした。

「でも――」

「でも？」

「でも、使わずには居れなかったんだよ。あんまり癪にさわって」

「何が癪に障ったんだい？」

「だって、予想じゃ、最低一月半は出るというんだろう。それがさ、今日貰って封を切ってみたら、たった半月分じゃないか。こんなハシタ金、家へ持って帰れるかい」

「半月分でも、出ただけでもいいよ」

と八郎は詰問するような口調で言った。

「ボーナスをそっくり持ち逃げされて、とうとう一文も社員に渡らないという会社もあるんだよ」

「ねえ。頼む！」

大河原はいきなり大声を出して、坐り直した。

「今晩、俺の家に来て呉れないか」

「僕が何故？」

「さっきキャバレーで思い付いたんだが」

と大河原はきらきらする眼で、八郎をにらみつけるようにした。

「君は女どもから、社長に間違えられたな。あのでんで、僕の会社の社長になって、僕の家に来て貰いたいんだ」

「君の家に行って、どうするんだい？」

「うちの女房に会ってさ、今期は社の事業不振で、ボーナスは出せなくて済みませんと、あやまって貰いたいんだ」

「そんなバカな」

八郎は呆れ果てて嘆息した。

「身なりや恰好見れば判るだろ。こんな平家蟹みたいな社長があるかい」

「平家蟹？」

大河原は瞳を定めて、しげしげと八郎の顔を見た。

「なるほどね。そう言えば君は、全く平家蟹にそっくりだ。でも、大丈夫だ。僕んちの女房は、身なりや恰好で人を判断する女じゃないんだから。頼む。大河原帯刀、一生の願いだ」

「そういうわけには行かないんだよ。僕は今から遊ばなくては。もう夜も短い」

「なに！」

大河原はそろそろと腰を浮かせて、卓越しにつかみかかろうとする気勢を示した。

「自分の遊びと、他人の生涯の浮沈と、どちらが大切だ。そんなことを言うと、俺はほんとに怒るぞ」

そして大河原の手がいきなり伸びたと思うと、八郎の傍の革鞄をぱっと摑んだ。あっと言う間もなかった。革鞄は宙を飛ぶようにして、大河原の胸に抱きしめられていた。八郎は飛び上った。

「あ、それは――」

「どうだ」

大河原は呼吸《いき》をはずませながら、勝ち誇ったように言った。

「ついて来なけりゃ、この鞄は戻さない。無理に取戻そうとするなら、窓から外に捨てちゃう。どうだ。ついて来るか」

「おともするよ」

八郎はへたへたと坐り込みながら、観念して答えた。鞄を窓からほうり出されては、たまったものではない。もう大河原の言うなりになる他はないようであった。

油断を見すまして鞄を取返す。そのチャンスをねらったのだけれども、大河原はなかなか用心深く、胸にしっかと抱きしめて離さない。代りに大河原の鞄を持たせられて、八郎は郊外電車に乗せられ、八つ目の駅でおろされた。駅員もろくに居ないような、ひっそりとした寒駅である。八郎はホームでくしゃんとくしゃめをした。そろそろ心細くなってきた。

「ここからまた歩くのかい？」

「うん。なに大したことはない。十五分ばかりだよ」

半欠け月が空に出ていて、黒々とした樹々の梢を、夜風が音を立ててわたっている。大河原が先に立った。しらじらと伸びる畠中道である。道は泥の凸凹のまま、固く凍りついて、歩き辛い。肥料のにおいが夜気にただよっている。まことに田舎々々とした夜景の中で、大河原がふり返った。

「君は女房子供はあるのかい」

「なに、独身住いのアパート暮しだ」

「そりゃ好都合だったな。じゃ今晩は僕の家に泊って行け。酒ぐらいならごちそうするよ」

むっとした顔つきになり、八郎は返事をしなかった。ボーナスを使い果たしたのに、まだ飲む気でいるらしい。

やがて畠の彼方から、点々と人家の燈が見えて来た。へんなところに人家の聚落《しゅうらく》があると思ったら、大河原の説明によると、都営住宅だという。同じ大きさの同じ恰好の家が、お互いによりそうようにして、二三十軒ずらずらと並んでいる。

大河原の家は、その一番端にあった。

玄関をあける前に、大河原は八郎が持っている鞄をも取戻した。つまり八郎は手ぶらになり、大河原は鞄を二つ抱きかかえた形となる。足でがらりと玄関の扉をあけた。

「帰ったぞ」

奥から先ず飛んで来たのは、二人の男の児である。そしてそのあとから、奥さんが悠然と姿をあらわした。痩せて世帯やつれをしたような奥さんを想像していたのに、小型戦車を思わせるような、堂々たる体格の細君であった。八郎はあいまいに頭を下げた。

「お客さまをお連れしたよ」

大河原の声は、少々元気がなくなってきたようである。八郎の方を指しながら、

「うちの社の、社長さん、の甥御《おいご》さんで、穴山さんとおっしゃる」

社長として紹介するのは、さすがに気が引けたのであろう。八郎は社長からたちまち甥御に下落した。

「さようでございますか。さあ、どうぞ、どうぞ」

細君は愛想のいい声を出した。男の児は二人とも、大河原の手にすがって、てんでにお土産を請求し始めた。それをあしらいながら、大河原は細君に知られないように八郎の方をふり返り、ちょっと片目をつぶって見せた。八郎はそのおかえしに、章魚《たこ》のように口をとがらせて見せた。

座敷に通されて見ると、チャブ台の上に、刺身だの酢の物だの吸物だのが、主を待ち顔に並んでいる。ボーナス日だと思って、とくに細君が料理の腕をふるったらしい。あわてそれを片づけようとする細君に、大河原は声をかけた。

「そのまま、そのまま。それよりも酒をあっためろ。この穴山部長は社内でも有数の酒好きだ」

鞄の中の百二十万円から、その一パーセントをさいて、大河原帯刀にボーナスとして与えよう。その考えが八郎の脳裡に浮んだのは、細君の酌でまた大いに酔いが戻り、便所に立ち、便所の窓から白い片割れ月を眺めた時であった。月は無心に照り、その光はあまねく万物におちている。感傷的な感動が、八郎の胸に瞬間にあった。

（どうせ俺の金じゃないんだ。一パーセント位で、一家の幸福が買えれば、これに越したことはないだろう）

そういう思い付きが八郎の頭に宿ったのは、大河原一家の家庭の雰囲気のせいもあった。肥った細君は大河原を信頼しているらしく、酒のかんも程良かったし、手作りの料理もなかなか旨《うま》かった。夜遅い父親を待ちかねていた子供らも、お土産がないと判ってもすねることなく、母親の言い付け通り寝巻に着換え、それぞれ素直に寝床に入った。そういう雰囲気は、あたたかく八郎の全身をも包んだ。その家庭の中心であるべき大河原帯刀の態度が何からしろめたく元気がないのも、ボーナスを使い果たしたせいなのであろう。八郎は月を見上げながら呟《つぶや》いた。

「どうせかっぱらった金だ」

もし一パーセントの一万二千円を、大河原に与えてしまえば、もう完全な使い込みである。　後で悔いても取返しはつかない。　その気持をねじふせるようにして、八郎は座敷に戻ってきた。

心痛をごまかすためか、大河原は盃をぐいぐいあおり、八郎にも、しきりに盃を強いる。細君は、八郎が部長であることを微塵も疑わないらしく、しきりに話題を会社のことや、景気のことに持ってゆく。あやふやに受け答えしながら、八郎はそっと自分の鞄を引寄せた。ガチャリとあけて、紙幣束を手探る。一枚、二枚と、十二枚数えて引っぱり出す。すべてチャブ台の下の操作だから、大河原夫妻の眼にもふれないが、なかなかの苦労だ。その十二枚をそろえて、も一度数え直してみる。

「おい。さっきの賞与袋をよこせ」

細君が台所に立って行った時、八郎は低声で大河原に催促した。大河原はきょとんとした顔で彼を見た。

「早くよこせったら。僕がボーナスを出してやる」

賞与袋をひったくるように受取ると、十二枚を押し込み、大河原に押しつけた。

「これはやるんじゃないよ、貸してやるんだよ。いいか」

「済まん」

何か訳も判らないまま、とにかく賞与袋がふくらんだのを見て、大河原は手を合わせて拝むまねをした。細君が酒徳利をぶら下げて、台所から出てきた。拝んだ恰好をごまかすために、大河原はその手をひょいと踊りの恰好に変えた。

「まあ、何ですか」

細君は坐り込みながら、きまり悪げに八郎の方をちらりと見た。

「いつも宅は酔っぱらうと、ひょうきんな真似ばかり致しまして――」

「バカ言うな。早く酒を注げ」

と大河原は、急にはつらつと元気が出て来たようである。

「平家蟹部長にも、早く酒を注いでさし上げろ」

「まあ、悪いわ。部長さんのことを、平家蟹だなんて」

細君は掌を口にあてて、押え切れないように笑い出した。幸福に満ちあふれた笑い声である。手にした徳利から、笑いと共に、酒がたぶたぶこぼれる。八郎はかすかな嫉妬と羨望を感じて眼を伏せた。（この一家はこれで幸福になったが、この俺はとうとう拐帯者《かいたいしゃ》となってしまった）八郎はまた盃に手を伸ばした。成行きに任せるより仕方がない。居直るような気分である。

朝食を済ませ、細君に見送られて、二人は外に出た。赤土を持ち上げたおびただしい霜柱である。二人の靴の下で、それらはサクサクと、鋭い刃になって砕けた。

うまく応対したものだから、最後まで部長の化の皮は、見破られなかった。しかしそれにしても、何か憂鬱な重い気分である。酔いは醒めたし、寝不足で瞼はふくらんでいるし、昨夜のことが莫迦《ばか》々々しくて仕方がない。貴重な一夜をムダに過してしまった。全くそんな感じである。風邪を引いたと見えて、鼻の奥が刺すように痛かった。

「昨夜はどうも迷惑をかけたな」

家が見えなくなるまで歩いてきた時、大河原はにやにやと八郎をかえり見た。

「おかげで女房にも面目が立ったよ」

「まったく大迷惑だよ」

八郎は笑いもせずに答えた。

「君は面目が立っていいようなものの、僕は予定が大狂いだ」

「あっそうだ。君に借用証書を書いとこう。ほんとに大助かりだったよ」

駅について、電車が来るのを待つ間に、大河原はペンと紙を出して、急いで借用証書を作成した。見ると返済方法は、向う十二箇月間の月賦となっている。月に千円ずつ返済してゆくつもりらしい。別段異存もなく、八郎はそれを受取った。酔いが醒めた今となっては、一万二千円が惜しいというより、それを与える気になった自分の未熟な感傷の方が恥かしかった。

　郊外電車から国鉄への乗換駅は、ものすごく混んでいた。みんな鞄をぶら下げた出勤者ばかりである。その中でもまれながら、この数百数千の群集の中で、自分一人だけがどこにも行くあてがないと思い当った時、八郎は突然強い寂寥《せきりょう》と焦燥を感じた。大河原は鞄をかかえこんで、歩廊への階段を降りてゆく。八郎は人混みにまぎれるふりをしながら、そっと大河原から離れた。大河原も会社に出勤するに違いないし、いつまでもついて歩くわけには行かないのである。

　八郎はそのままふらふらと、あてもなく改札口の方に歩いた。とにかく駅を出なくては。こんなに多くの群集の中には富田商事の人間が一人や二人混っていないとも限らない。見とがめられると大変だ。

　改札を出ると、八郎は得体の知れない不安に恐怖を覚えた。誰かが遠くから、じっとこちらを監視しているような感じがする。そいつがいきなり手をあげて「拐帯者！」と叫び出しそうな気がする。八郎は外套《がいとう》の襟を立て背を丸めるようにして、あてもなく急ぎ足であるいた。人通りの多い街を外れ、人気《ひとけ》のない淋しい区画の方へ、自ら足が動いてゆく。ぶら下げた鞄は、犯した罪の重みのように、しっとりと手に重かった。

（さて今日は、どうやって時間を消すか？）

ごみごみした小住宅街の、とある横丁に何気なく曲り込んだ時、八郎の耳は清らかな斉唱の声をふとととらえた。幼い子供たちの合唱である。歌は讃美歌であった。

もろびとこぞりて
むかへまつれ
ひさしくまちにし
主はきませり

八郎は立ち止って、あたりを見廻した。柵に囲まれた空地と見えたのは、幼稚園の庭らしく、声はその傍の緑色の建物から流れてくるようであった。八郎はかすかに胸がつまった。子供の頃通っていた日曜学校のことを、思い出したからだ。

(そうだ。今日はクリスマスだ)

八郎は庭に足を踏み入れ、建物の入口をそっとのぞいて見た。靴棚には子供たちの靴が、三和土《たたき》には大人の靴や草履《ぞうり》が、足の踏み場もないほどに並んでいる。

「クリスマスをやってるんだな」

どういう気持か判らないが、ふっと八郎はそこに入ってみる気になった。幼児の父兄みたいな顔で入れば、見とがめられることもないだろう。

八郎はそっと靴を脱いだ。廊下に上ると、壁に大鏡がはめこまれていて、それが彼の全身をうつし出した。八郎はその自分の姿を見た。蟹そっくりの自分が、革鞄を大切そうにかかえている。八郎は眼を外らした。

クリスマスの部屋は、廊下を曲って、突き当りの部屋であった。扉が半開きになり、母親たちらしい人影があふれている。その手前が、いろいろ準備をする控えの間らしかった。その控えの間に立っている二人の中年の女が一斉に頭を動かして、八郎を見た。その一人が、いらだたしげな手付きで、八郎を手まねきした。

八郎は意志をなくしたように、ふらふらとその女の方に近づいて行った。手まねきした女は、縁無し眼鏡をかけていて、いかにも世話役らしいきびきびした顔をしていた。

「ずいぶん遅かったわね。はらはらしたわよ」

と女は八郎に、つけつけした口調できめつけた。

「早く着換えなさいよ。子供たちは先刻から待ちかねているのよ」

八郎はキョトンとしていた。何か間違えられていることは判ったが、どんな間違いなのかそれはよく判らなかった。女の右手がいらいらと卓の上を指した。

「早く、早く」

八郎は卓上を見た。そこには赤い衣服や帽子や、大きな袋が載っている。サンタクロースの扮装である。

「僕が、この衣服を？」

「そうよ、きまってるじゃないの」

女は八郎の外套に手をかけて、脱がせようとした。八郎はそれにあらがおうとして、すぐに力を抜いた。外套は無雑作に剥ぎ取られた。も一人の女は赤い服を持って、八郎の背後に立っている。否も応もなかった。五分後、白い綿を鼻下や頰ぺたにくっつけてサンタクロースがすっかり出来上った。二人の女は大きな袋を、八郎の背中に押しつけた。袋の中には玩具やそんなものが沢山入っているらしく、ガチャガチャと鳴った。

「バカね。この人」

眼鏡の女が八郎の手から、鞄をひったくった。

「鞄をぶら下げたサンタクロースが、どこにありますか！」

隣りの部屋から、可愛い合唱が流れてきた。足踏みの音も聞えてくる。

あかい帽子をかぶってる

サンタ爺さんまだ来ない
遠い雪道寒いだろう
静かにすると聞えてくるよ
リンリンそりの鈴の音が

眼鏡の女がリンリンリンと鈴を鳴らしながら、廊下に出ていった。鞄に心残りはしたが、八郎ももう騎虎《きこ》の勢いで、女のあとにつづいた。ガニマタで猫背の俺だから、サンタ爺にはうってつけだな。そんなことを考えながら、鬚の中で八郎は苦笑した。鈴の音にみちびかれて部屋に入ると、歌はしずかに止み、小さな掌を打ち合わせる拍手が、四方からまき起った。突然一粒の熱い涙が、八郎の瞼を焼いて頬に流れ出た。彼は手を上げ、鬚の先でそれを拭きながら、強いて朗かな声を出そうとした。

「皆さん。私は今日遠い国から、ソリにのってはるばるやって参りました」

咽喉がかすれて、快活な声にならなかった。たくさんの幼い眼の注視の中で、八郎はぎくしゃくと袋を床におろした。

「さあ、ここに皆さんへのクリスマスプレゼントが……」

午後十時。女易者は店を片づけ始めていた。燈をふき消し、木の台を折りたたむ。白いうなじに寒い夜風があたる。易者はちょっと身ぶるいして顔を上げた。昨夜の男がそこに立っていた。今夜もいくらか酔っているらしく、呂律がはっきりしない風であった。

「もう店仕舞かね？」

「ええ。師走だから、お客が寄りつかないんですもの」

「もう一度手相を見て貰いたいんだ」

「もう駄目よ。燈も消したし」

「じゃ、そこらでお茶でも飲みながら――」

女易者はいきなり腕を摑《つか》まれた。真剣な握力である。易者は一度はそれをふりはなそうとしたが、思い直したようにその動きを止めた。

「じゃ、ちょっと待っててね」

易者が仕事道具を片づけて、近所の店に預けてくる間、穴山八郎はビル横のうすくらがりにぼんやり佇《たたず》み、遠く近くの盛り場の燈の列を眺めていた。今宵はクリスマスイヴである。明るい燈のもとを、酔客の群がはしゃぎながら歩いてゆく。八郎の眼は、やや兇暴な光を帯びて、それを見た。易者は小走りで戻ってきた。

「お待遠さま」

八郎は先に立ってあるき出した。易者もそれにつづいた。酔いの意識の底で、八郎はいつかタイピストの岡田澄子とつれ立って歩いているような錯覚におちている。いたわるような遠慮がちの声で、

「お茶でものむ？」

「何かあたたかい、食べものの方がいいわ」

八郎は易者の顔を見た。易者はわるびれない視線で、八郎を見返した。

十分後、二人は中華そば屋にいた。五目そばを食べていた。もっとも食べているのは易者の方で、八郎は二箸三箸ついてみただけである。食事は終った。待ちかねたように八郎は口を切った。

「君が言う通りにやってみたけれど、やっぱり面白くなかったよ」

「何のこと？」

「決断して踏切れってことさ。そら、昨夜そう言ったじゃないか」

易者は手巾《ハンカチ》を出して、口のまわりを拭った。無表情な、能面にも似た静かさである。

「決断して何をしたの」

「会社の金を持って逃げたんだ」

易者は短く笑った。しかし八郎の真面目な表情を見て、笑い止めた。食べ終った箸をポ

キポキ折りながら、

「面白くなかったら、戻せばいいんじゃないの。カンタンなことよ」

「カンタンにゆくものか」

「でも、持ち逃げしたって、あれから一昼夜でしょ。どうにでも言い訳はつくわ」

「どう言い訳するんだね」

易者は黙った。沈黙が来た。少し経って、八郎は押しつぶされたような声を出した。

「君は責任を持つと言ったね、昨夜。全身的な責任を」

易者はぎくりとしたように顔を上げた。ぎらぎらした八郎の眼がそこにあった。食い入るように見詰めている。

やがて易者は肩を動かして、ほっと息をついた。そして視線を八郎の鞄にうつしながら
低い切迫した声でたずねた。

「金は、その鞄に入ってるの」

八郎はうなずいた。

「いくらぐらい？」

「百二十万円」

「どうしてそれを持ち逃げする気になったの？」

八郎の顔に、ちらと困惑の色があらわれた。今度は易者の視線が、まっすぐに八郎を突き刺している。八郎はどもった。

「交叉点の信号が、赤だったんだ。だから僕は……」

ちょっと電話をかけてくるから、もし厭だったら、その間に姿を消してしまいなさい。八郎が女易者にそう言う気になったのは、かりそめの遠慮心からだっただろうか。聞えたのか聞えなかったのか、易者は眉も動かさず、しずかに煙草をくゆらしていた。何か考え込んでいるふうにも見えたし、ふてくされた態度にも見えた。八郎は鞄を小脇にかかえ、奥へ歩いた。

電話は調理場のそばにあった。肥ったコックが大きなフライパンで、しきりに料理をつくっていた。ラードやニンニクのにおいがむっとただよう。

八郎は手帳を取出し、眉を吊上げて、しばらくその一頁をにらんでいた。記してあるのは、富田社長の自宅の電話番号である。も一度電話する気になったのも、易者のすすめからであった。もちろん受話器をとり上げるのには、密度の違う世界に入ってゆくような、烈しく不快な抵抗があった。電話口の向うに、やがて社長の声が出て来た。

「ああ、穴山君か」

いつもの声とちがって、おどおどしたような猫撫で声である。

「どうしたんだね。心配してるよ。今どこにいるんだね？」

八郎は黙っていた。

「ねえ、穴山君。一刻も早く帰っておいで。君のことは、まだ誰にも話してない。誰も君の行為は知らないんだ。僕の胸ひとつにたたんである。大手をふって帰っておいで。今からでも遅くはない」

社長の狼狽ぶりと心痛ぶりが、その猫撫で声から、ありありと読み取れるようであった。

八郎はしかしその口調に、かすかな反撥を感じた。

「無条件で僕を入れますか。それがうかがいたいんです」

「もちろんだよ、君」

社長の声は日頃の豪快さを失って、いよいよ弱々しくなるようであった。

「少しぐらい使い込んであっても、僕は何とも言わない。な、戻って来てくれ。頼む。その金が戻らないと、僕は社員や株主に顔向けができんのだ。な、教えてくれ。今どこにいるんだね？」

「都内の某所に潜伏中です」

「そ、そんな意地悪なことは、いわないでくれ。君の条件は、何でも入れる。決して自暴自棄にならないで、な、人生は真面目に渡った方が、結局は得なんだ。君だって子供じゃないんだから、判るだろう」

受話器を耳にあてたまま、八郎はコックの焼飯のつくり方を眺めていた。なるほど、あそこで塩を入れ、それからコショウを入れるんだな、そして調子よく、フライパンの中の飯をひっくりかえす。

「ねえ。どうしてそんな出来心を起す気になったんだい。え。何か僕に不満でもあったのか。不満があったら、逃げたりしないで、僕に直接言えばいいじゃないか。え？」

「よく考えてみます」

八郎は受話器を耳から離した。何か叫ぶ社長の声が、耳から弱まった。八郎はガチャリと電話を切った。あまり愉快ではない。ひややかな笑いが、泡のように八郎の口辺にのぼってきた。（奴さん。金を持ち逃げされて、大あわてしてるらしいな）電話をかけるまでは、こんな情況は想像だにしなかった。むしろ、怒鳴りつけられる自分をすら想像していたのだ。案に反して、今のところ、こちらが絶対優位に立っている。その自覚は、突然彼の気持を兇暴にした。（矢でも鉄砲でも持って来い！）彼は肩肱をいからせて、つかつかと店に戻って来た。

易者は煙草をくゆらせながら、じっと卓に待っていた。その白いうなじの色に、八郎はいらだたしいほどの情欲を感じた。

「帰らなかったんだね」

うなじに断髪がゆらいで、女はかすかにうなずいた。

「なぜ帰らなかったんだね？」

易者はやや蒼ざめた顔を上げた。片頬にはこわばったようなつくり笑いが浮んでいる。はっきりした声でいった。

「あなたが可哀そうだったからよ」

「僕を憐れむのか？」

八郎の眉間に、暗い光が走った。

「そう。それから——」

易者は視線を宙に浮かせながら、早口で、

「その鞄の中の金のことが、気になったからよ」

「何故気になるんだね？」

「だってあたしも、貧乏だもの」

易者は灰色の上衣の襟をかき合わせるようにした。八郎の掌は、その肩をつかんだ。掌の下で、やわらかい肩の筋肉は、びくりと慄えた。八郎はその耳にささやいた。

「今晩、僕と一緒に行くか？」

「どこへ？」

「どこへでも」

易者は煙草を灰皿におしつけた。火はジュウと消えた。蒼白い顔を上げた。

「行ってもいい。その代り、あたしに上衣を買ってくれるなら」

媚びが女の全身ににじみ出た。自然のものというより、無理にしぼり出したような、苦しげな身のこなしであった。八郎は掌を肩から離した。（この俺にではない。百二十万円に媚《こ》びているのだ）しかし、それならばそれでもいい筈であった。今の八郎に、どんな異存があるというのだろう。


自動車の中で、八郎は易者によりかかるようにして、幼稚園のクリスマスの話をしていた。声は上機嫌で、むしろ軽薄な響きを立てたが、八郎の心は暗く沈んでいた。沈んだ心をかき立てるために、彼の口調はますます軽燥な色を帯びた。

「誰かと間違えられたらしいんだ。――よく判らない。――それでとにかくサンタクロースになってしまった。サンタクロースの服はにかわのにおいがしたな。部屋に入ってゆくと、子供たちは皆拍手をした。――僕はどぎまぎした」

「なぜ、どぎまぎしたの?」

易者は気のないような相槌《あいづち》を打った。

「判らない。サンタでもないのにサンタのような恰好をしてたからだろう。拐帯者のくせに、慈善者のなりをしたりしてさ」

八郎の右手は、易者の肩にかかっていた。肩をおおっているものは、先刻店で買い求めたグレイのハーフコートである。ふわふわしたあたたかい感触であったが、それはまた血の気の通わない、不毛のあたたかさでもあった。先程の兇暴な情欲は、もう八郎の心の中で死んでいた。あるのは、義務とか責任に似た、重苦しい思いだけである。(この女も勿論同じ思いに違いない)八郎は自分の情欲をふたたびかき立てるように、しきりに女の肩をまさぐっていた。衣服が厚くないので、貝殻骨のありかが、ありあり指に感じられた。

女はくすぐったそうに、肩をすくめた。八郎は低声でいった。

「こんなことするの、初めてかい?」

「そんなこと聞いても仕方ないでしょ。何故あなたはあたしと遊ぶ? 初めてだろうと二度目だろうと、関係ないじゃないの」

女の掌が、肩の八郎の掌を押えていた。女の指は長くつめたかった。そのままの姿勢で八郎は窓の外を眺めていた。自動車は暗い夜の街を疾駆していた。窓ガラスをちらちらと白いものがかすめた。雪のようである。

「明日から——」

明日のことを考えるのは、物憂かった。しかし明日になれば、俺は臆病になり心を萎縮させて、あれこれ惑った後、結局は鞄をぶら下げて、富田商事に戻って行くだろう。その予感が、不快なしこりのように、先刻から八郎の胸をおしつけていた。二日間の茶番。その茶番も今夜でピリオドを打つのだ。八郎はも一度力をこめて、女のほっそりした体をだきすくめるようにした。自動車は大きくカーブを切った。女の体は物体の法則にしたがって、彼の胸になだれこんで来た。女の体は生き物のにおいがした。

（「小説新潮」一九五三年四月号）

猫と蟻と犬

どうも近頃身体がだるい。なんとなくだるい。身体の節々が痛んだりする。身体だけでなく、気分もうっとうしい。季節のせいかも知れないとも思う。仕事のために机の前に坐ろうとすると、膝や尾底骨あたりの神経が突然チクチクと痛み出してくる。だから余儀なく机を離れると、痛みは去る。そんなふしぎな神経障害がある。仕事をするなというのだろう。

ジェローム・K・ジェロームの『ボートの中の三人』という小説がある。その中で主人公がある日、医書か何かを読んでいると、あらゆる病気が自分にとりついているのを発見する件《くだ》りがある。私の場合も、新聞雑誌などで売薬の広告を見るたびに、その大半が私の症状にぴったり適していることを発見してギョッとするのである。あまたの売薬が私から買われるのを待ちこがれている如きだ。

と言って、あらゆる売薬を買い込む資力は私にはないし、そこで一切の広告には眼をつぶることにして、胃が痛ければセンブリ、腸が悪ければゲンノショーコ、そんな具合にもっぱら漢方薬にたよっているが、漢方薬は効能が緩慢なせいか、まだはっきりした効果はあらわれないようだ。しかしこれらの漢方薬のにおいを私は近頃好きになってきた。あのにおいは私をしっとりと落着かせ、かつ心情を古風にさせる。私小説でも書きたいな、という気分を起させる。今書きつつあるこの文章も、漢方薬のにおいの影響が充分にあるようだ。

そんなある日、年少の友人の秋山画伯が訪ねて来た。そして私の顔を見ていきなり言った。

「顔色があまり良くないじゃありませんか」

「うん。どうも身体がだるいんだ」

そこで私は私の症状をくわしく説明した。その間秋山君は黙ってじろじろと私の顔を観察していた。

「漢方薬なんかじゃ全然ダメです！」私が説明し終ると、秋山君は断乎として宣言した。

「あんた近頃雨に濡れたことがあるでしょう」

「うん。そう言えば一箇月ばかり前、新宿で俄《にわ》か雨にあって、濡れ鼠になったことがあるよ」

「そうでしょう。きっとそうだと思った」秋山君は腹立たしげに指をパチリと鳴らした。

「新宿なんかで濡れ鼠になるなんて、そんなバカな話がありますか。そんな時にはパチンコ屋に入るんですよ。そうすれば雨に濡れずにすむし、暇はつぶせるし、それに煙草が沢山稼げるし――」

「うん。でも僕はパチンコにあまり趣味を持たないもんだから」

秋山君は大へんなパチンコ好きで、そしてこの私をもパチンコ党に引き込もうとの魂胆で、ある日一台の古パチンコ台を私の家にえっさえっさとかつぎ込んできた。店仕舞のパチンコ屋から三百八十円で買って来たものだと言う。同好者を殖やそうというところは、パチンコもヒロポンに似ているようだ。私はそのパチンコ台を縁側に置き、一週間ばかり毎日ガチャンコガチャンコとやってみたが、一向に面白くない。秋山君の期待に反して、むしろパチンコに嫌悪を感じるようになったほどである。パチンコ屋に入るくらいなら、まだしも雨に濡れて歩く方がいい。第一あのパチンコ屋の地獄のような騒がしさは、頭が痛くなる。私はおそるおそる言った。

「やっぱりあの時の雨に濡れて、潜在性の風邪でもひいたのかな」

「そうじゃありませんよ。そんな暢気《のんき》なことを言ってる」秋山君はあわれみの表情で私を見た。「放射能ですよ」

「放射能?」

「ええ、そうですよ。ビキニの灰ですよ。ビキニの灰が雨に含まれて、それがあんたの身体にしみこんだんですよ」

「本当かい、それは」

私は少々狼狽を感じてそう言った。

「本当ですとも。近頃の病院に行ってごらんなさい。白血球減少の患者がぞろぞろやって来ますから。今どきの雨に平然と濡れて歩くなんて、よっぽど世間知らずだなあ。僕の家でも放射能雨が漏ってくると大変だから、屋根をすっかり修繕したくらいですよ」

秋山君の家というのは、彼が三年ほど前買い込んだ古家で、見るからに雨が漏りそうな家だ。この家はまことに変った家で、金を出して買い取ったとは言うものの、まだ所有者は秋山君の名義になっていない。杉本という人の名義になっている。その杉本某はどうしているか。数年前に詐欺か何かをはたらき、そのまま逃走、目下どこにいるかさっぱり判らない。その間に第三国人が介入していたりして、金を出したのは秋山君だが、その家は秋山君の所有とはきっぱり断じ切れないという大変入りくんだ関係になっている。このことは別に小説に書いたから、ここでは省略するけれど、要するにこうなったのも秋山君が世間知らずであったからだ。その世間知らずの秋山君から、世間知らずだなあ、と嘆息されて、私は心中ますます狼狽を感じた。しかし表面だけはさり気なく、

「でも、僕が雨に濡れたのは、その日だけだよ。それで僕が放射能にあてられたとすれば、毎日のように濡れている人、たとえば郵便配達人やソバ屋の出前持ちなんか、もっとひどくやられそうなもんじゃないかね」

「そう思うのが素人《しろうと》のあさましさです」と秋山君は自信ありげに断定した。「あんたは放射能と白血球の関係について、何も知らんようですな。白血球というやつはどこで製造されるか。これは肝臓で製造される。いいですか」

したがって肝臓の弱い者は、ちょっとした放射能にもすぐに影響されて、その機能を弱められ、白血球の生産高ががた落ちとなる。というのが秋山君の論理であって、どうもいささかあやふやだと思ったが、念の為にも一度訊《たず》ねてみた。

「しかし君は、僕の肝臓は弱っているという仮定の上に立って、論議をすすめているようだが――」

「仮定じゃありませんよ。事実ですよ」と秋山君は私をにらみつけるようにした。「あんなに毎晩酒を飲んで、肝臓が正常であるわけがないじゃありませんか。そういうのを心臓が強いというのです」

肝臓が弱くて心臓が強けりゃ世話はない。

「それじゃあ訊ねるけれども、肝臓というのはどこにあるんだね？」

すると今度は秋山君がやや狼狽の色を見せて、両掌で自分の身体をぐるぐると撫で回すような仕草をした。まるで肝臓のありかを探し求めるような具合にだ。きっと肝臓の正確な位置を知らなかったに違いない。だから私は追い打ちをかけるように言葉をついだ。

「それに雨に濡れるのは人間だけじゃない。牛馬は言うに及ばず、鳥や虫なども濡れっぱなしだろう。それなのにピンピン生きてるのは変な話じゃないか」

「動物だって弱ったり死んだりしてますよ」秋山君は元気をとり戻した。「あんたもちゃんと調べたわけじゃないでしょう。大弱りしていますよ。現にカロだって、近頃めっきり元気がなくなったです」

「え。カロが？」


カロというのは私の家の歴代の猫の名で、三代目までつづいて若死にしたものだから、もう飼うのはよそうと思っていたところ、秋山君がその系譜の断絶を惜しみ、わざわざ自分の家の仔猫をバスケットに入れ、私の家にかつぎ込んできた。すなわち四代目カロというわけである。パチンコ台だの仔猫だの、よく色んなものをかつぎ込みたがる男だ。

私の家に来て以来、カロはめきめきと大きくなった。憎たらしいほど肥ってきた。

秋山君の話では、このカロの母親は素姓正しい猫で、それ故カロにも充分にシツケがほどこしてあるとのことだったが、どうもそうとは思えない。毛並みは黒ブチで、器量もそれほど優秀ではなかった。性格は歴代のカロのうちで一番ひねくれていて、子供の手をひっかいたり噛みついたりする。子供の方では遊ぶつもりで抱いたりかかえたりするのだが、その手をカロがひっかき噛みつく。協調の精神というものが全然無いのだ。そしてひっかきの効果を絶大ならしめるためか、毎日縁側や戸袋に爪を立てて磨いている。だからうちの子供の顔や手足には爪あとの絶えたためしがなかった。

そんなに爪を磨いて、それなら鼠をとるかと言うと、これは全然とらない。鼠がそこでごとごと音を立てても、聞き耳を立てることすらしない、どうも鼠をとることが我が家に利益をあたえる、そのことを知っていて、わざと鼠をとらないのではないかと思われる節がある。ではどういうものをとるかと言うと、トカゲ、蛾、モグラなど。そんなものをとったって、うちでは一向に有難くない。迷惑するばかりである。モグラなんか地中にもぐっているからこそモグラと言うのだろうが、それをどういう方法でつかまえるのか、ちゃんとくわえてのそのそと縁側に上ってくる。モグラの死骸は実に醜怪な感じがするものであるから、私を始め家人一同悲鳴を上げて逃げ回る。逃げ回る私たちをカロは快心の微笑をうかべながら追っかけるのだ。こうなるともうどちらが主人か判らない。我が家に在任中にカロはモグラを五匹ほどとった。

そしてカロは、良く言えば野心的、悪く言えばバカなうぬぼれ猫で、庭に降り立つ雀をねらうのだ。植込みのかげにかくれていて、雀がやって来るとパッと飛びつくのだが、さすがに雀の飛び立つ方が早くて、一度もつかまえたためしがない。雀には羽根があるが、カロには羽根がない。飛び立った雀を追って、カロは手あたり次第の庭樹のてっぺんまでガリガリとかけのぼる。これでカロは雀を空中まで追っかけたつもりなのである。たいていの猫なら、四五度そんなことをやったら諦《あきら》めるものだが、カロは諦めない。性こりもなく雀をねらって植込みのかげにひそんでいる。なんという愚か猫であろうと思うのだが、この私にしても宝くじが発売されるたびに、今度こそは二百万円ぐらい当ててやろうとセッセと買い込んでいるから、あまりカロを笑えた義理でもない。万一雀をつかまえたら、私はそれを取り上げて焼鳥にしてやろうと空想していたが、とうとうカロは一羽もとらず仕舞いであった。

カロの罪状のうちで最大のものは、火鉢の中に大便を排泄することであった。これには家中が大迷惑した。砂を入れた木箱が台所の土間においてあるにもかかわらず、カロは火鉢に排泄する。もちろん火鉢に炭火が入っている時は、排泄しない。排泄しようとすれば火傷するからである。空火鉢の中の排泄物は灰にくるまっているから、うっかりするとわからない。そこでそのまま炭火を入れたりするとたいへんだ。炭火で熱せられた猫の糞がどんなにおいを発するか、これは経験者でないと判らないだろう。あのにおいは確かに人間に極端な厭世観をうえつけるようだ。まさしく絶望的なにおいである。それが家の中だけでなく、戸外にまでただよう。ある時このにおいをかいで、我が家の庭で仕事していた植木屋さんが、脚立からすってんころりんと落っこちて足首をネンザした。

だから火鉢に火がない時は、折畳み式の碁盤をひろげて蓋をするようにしたが、時にはそれを忘れることもある。忘れたらもう最後で、その忘れの瞬間をカロは眈々《たんたん》とねらっている。よほどカロの尻は灰に執着しているらしい。さらに悪いことには、やがてカロは火鉢から折畳み碁盤を引きずり落す方法を習得してしまったのだ。引き落されないためにオモシが必要となってきたわけだ。カロは肥っていて力もあるから、『小説新潮』を五冊や六冊乗っけても、もろともに引きずり落してしまう。ついに思い余って家族会議を開き、カロを捨てることに衆議一決した。

そしてある夜、私はカロを風呂敷につつんで、うちから一町ほど離れた神社の境内に捨てに行った。もちろんカロは相当の抵抗をこころみ、風呂敷のすきまから前脚を出して、私の手の甲をひっかき出血せしめたが、私はそれに屈せず境内にたどりつき、カロを遺棄

2021
6
中公文庫　新刊案内

まんぷく旅籠　朝日屋
なんきん餡と三角卵焼き

高田在《あり》子《こ》

店の外から、元女形の下足番・綾人に「動くな！」と怒鳴る男の声。驚いたちはるが覗いてみると……。

料理自慢の旅籠「朝日屋」は、今日も元気に珍客万来！

好評既刊
まんぷく旅籠　朝日屋
ぱりとろ秋の包み揚げ

書き下ろし

●770円

カンブリアⅡ 傀儡の章
警視庁「背理犯罪」捜査係
河合莞爾
書き下ろし

都知事選の有力候補者が立て続けに事故死した。そこに「能力者」の存在を感じた尾島と閑谷は捜査を進めるが、思わぬ障害が……？　人気シリーズ第二弾！

●924円

まるさんかく論理学
数学的センスをみがく
野崎昭弘

「珍しい数」ってなに？　どうして鏡は上下逆さまにならないの？　日常の謎やパズルの先に広がる豊かな〝論理〟の世界へいざなう、数学的思考を養える一冊。

●880円

金子光晴を旅する
金子光晴／森三千代 他
中央公論新社 編

上海からパリへ。『どくろ杯』三部作で知られる四年に及ぶ詩人の放浪を、本人の回想と魅せられた21人のエッセイで辿る。初収録作品多数。文庫オリジナル。

●1056円

ホワイト・ティース（上・下）
ゼイディー・スミス
小竹由美子 訳

ロンドン出身の優柔不断な中年男・アーチーと、バングラデシュ出身の誇り高きムスリム・サマード。ロンドンの移民家族が直面する悲喜劇をユーモラスに描く。

●上1320円／下1430円

嵐山光三郎セレクション 安西水丸短篇集

左《ひだり》上《うえ》の海

安西水丸

夢と現実の交錯と突然の別れを描く表題作のほか、イラストレーターならではのまなざしで切り取った愛の風景を綴る十二篇を収録する。〈解説〉嵐山光三郎

●990円

ボロ家の春秋

梅崎春生

直木賞受賞の表題作と「黒い花」など候補作全四篇と、自作についての随筆を併せて収める文庫オリジナル作品集。〈巻末エッセイ〉野呂邦暢〈解説〉荻原魚雷

●990円

佐藤春夫中国見聞録

星／南方紀行

佐藤春夫

「日本語で話をしない方がいい。皆、日本人を嫌っているから」――中華民国初期の内戦最前線を行く「南方紀行」、名作「星」など運命のすれ違いを描く九篇。

●1100円

海軍日記

最下級兵の記録

野口冨士男

生誕110年

どこまでも誠実に精緻に綴られた、横須賀海兵団で過ごした一九四四年九月から終戦までの日々。戦争に行くはずのなかった「弱兵」の記録。〈解説〉平山周吉

●1320円

して一目散に走って帰ってきた。早速手の傷を手当して、ささやかな祝杯を上げた。そこまではよかったけれども、翌朝起きて見ると、縁側の一隅にカロが平然とうずくまり、しきりに爪をといでいたのである。私は半分がっかり、半分怒りがめらめらと燃え上った。「おい、カロが戻っているよ」と私はどなった。「よし。今晩は絶対に戻って来れないところに捨ててきてやる」

その夜の私のいきごみは大へんなものであった。先ず荒れ狂うカロを風呂敷に包みこみ、さらにそれを買物籠の中に入れ、夜の八時頃我が家を出発、約一時間近くぶら下げて歩いた。カロの帰巣感覚を狂わせるためにあっちへ曲ったりこちらに折れたりしたので、直線距離にすればそれほどのことはなかったかも知れない。とにかく静かな住宅地帯に来たから、私はとある一軒の住宅の塀ごしに、買物籠もろともエイヤッと投げ、また一目散に走ったまではよかったが、あんまり紆余曲折したために私の帰巣感覚まで狂ってしまって、とうとう私自身が道に迷ってしまった。行人や交番に道を聞き聞き、やっと家にたどりついたのは、もう十一時過ぎである。家中のものが心配して、起きて私を待っていた。「もう大丈夫だ」と私は皆に説明した。「途方もなく遠いところの人の家の庭にほうりこんで来たから、もう戻ってくる気遣いはない」

「買物籠と風呂敷は？」

「そんなの一緒くたにほうり込んでやったよ」

「そりゃ困る。あの風呂敷にはうちの名が入ってるのよ」

「あ、そうか」

と私は自分の手違いに気がついたが、もうやってしまった以上は仕方がない。そこでそれはそれとして、またその夜も祝杯をあげた。どうも嬉しいにつけ悲しいにつけ酒ということになる傾きがある。

ところがこの度も、翌々日の昼頃カロは舞い戻ってきた。庭の生垣をくぐって、矢のように縁側に飛び上ってきた。見ると尻尾をいつもの三倍ぐらいにふくらませている。猫という動物は恐怖におそわれると、尻尾をふくらませる習性があるのだ。帰り着くまでにさまざまの恐怖や苦難に遭遇したにちがいない。

「また戻ってきやがったよ」と私は嘆息した。「もうこうなったら仕方がない。カロを捨てるより、火鉢を片づけることにしましょう。その方がかんたんだ」

そろそろ火鉢も不要な季節になっていたから、押入れの中に奥深くしまいこんだ。カロは二三日火鉢を求めてあちこち探し歩いているようだったが、たかがネコ智慧だから押入れの奥とは気がつかなかったらしい。まもなく諦めたようである。

しかしカロを継続して飼おうと翻意したのも束の間で、それから一週間ほど経ったある日、カロがまた事件をひきおこした。よその鶏におそいかかって、これを負傷せしめたのである。

その鶏は近所のどこで飼っているのかつまびらかにしないが、雄大な雄鶏であって、身の丈も二尺はゆうにある。散歩を趣味とするらしく、私の庭にも時々やってくる。私の庭をあちこち傲然《ごうぜん》と歩き回って、しきりに何かを食べているから、一体何を食っているのだろうと眺めてみると、蟻を食っている。蟻を食う鶏なんか始めて見た。蟻は蟻酸と言って酸性であるらしいから、それを食べるところを見ると、きっと胃酸欠乏症か何かにかかっているのだろう。

しかし無闇に蟻を食われては私もすこし困るのだ。

私の庭には蟻が沢山いて、種類も四種類、それぞれの場所に巣をつくっている。花壇をかこむ石の下に住んでいるのが大型の蟻、ボタンの木の下に中型の蟻、門柱のところに小型の蟻、それから肉眼で見えないような超小型の赤蟻が縁の下あたりに住んでいる。この超小型には私は興味がない。あまり小さ過ぎるから、興味を持ちようがないのだ。あとの三種類の生態にはそれぞれ興味がある。生態そのものより、それをかまうことに興味がある。

蟻の巣というものは複雑な構造を持っているようで、大中小そのどれでもいいが、穴のひとつにストローをさしこみ、煙草の煙をふうっと吹き入れると、他の穴のすべて、飛んでもない遠くの小さな横穴からも、モヤモヤと煙が立ちのぼる。上野駅の地下道よりも複雑な構造を持っているらしいのだ。蟻というやつは水は嫌うようだが、煙草の煙には割に平気である。

しかし蟻の穴にジョウゴを立てて水を流し入れる遊び、これは全然面白くない。バケツ一杯の水を使ってもあふれることはなく、平然と吸い込むだけだからだ。内部では蟻や卵や食物が水びたしとなり、大あわてしているだろうが、それが目で見えないから面白くない。

砂場の砂をフルイでこして、細かい砂だけをえらび、それを穴に流し入れるのは、これは面白い。穴が大きくてもすぐにいっぱいになるのもあるし、小さくてもいくらでも砂が入るのがある。これをやると蟻たちは大あわてして、表に出ているやつは右往左往して復旧工事にとりかかる。内部のもそうだろう。そしてものの二時間も経たぬ間に、砂はすっかり処分されて、元の穴の形になっている。実際蟻の勤勉ぶりには驚く。中にはあまり勤勉でないやつもいるけれども。

ボタンの下の中型の蟻の巣にむかって、私は砂を詰め、復旧されると見るや直ちに砂を詰め、二日にわたって十数回砂攻撃を試みたことがある。するとさすがに蟻たちもつくづく考えたと見え、縦穴式のやつを全部横穴式に変えてしまった。横穴式のやつは砂を入れても入口にたまるだけで、奥には入って行かないのだ。

とにかく蟻というやつは、退屈してるのか必要に迫られているのか、しょっちゅう巣の整備をやっている。新規に穴をあけたり、またつぶしてみたり、営々と働いている。こういう労働の現場、すなわち穴の近くに、砂糖をひとつまみ置いてやる。そうするとたちまち蟻の個々の性格があらわれてくる。

第一の型は砂糖があると知っていながら、全然見向きもせずせっせと働くやつ。

第二は労働を全然放棄して砂糖に頭をつっこんでなめるやつ。

第三はその中間のやつで、ちょっと砂糖をなめては働くやつ。

以上の三つの型がある。この間も砂糖をやって眺めていたら、穴の中からひときわ頭の大きい蟻が一匹這《は》い出して来て、おどろいたことには、砂糖に頭をつっこんでいる連中に飛びかかり、ひとつひとつ噛み殺してしまった。私は蟻の生態について学問的には何も知らないけれども、見た限りでは、この蟻は憲兵的役割を持っているらしかった。こんなのがいては蟻の世界もあまり住みよくなさそうである。

大、中、小の蟻たちは我が庭において、大体縄張りをさだめて闘争はしないようであるが、これを人工的に喧嘩させることは出来る。たとえば花壇の石をめくり、その下にたむろしている大蟻たち(羽根をもったやつもいる)をすばやくシャベルですくい上げ、大急ぎでボタンの木の下に運ぶ。中型蟻の穴の近くにおくと、大蟻たちは突然の環境の変化に大狼狽、右往左往して中蟻の穴の中に這い込むやつもいる。すると中蟻たちは敵が来襲してきたとかん違いして、そこで猛烈なとっくみ合いや嚙み合いが始まるのだ。ふつうの考えからすると、大型のが強そうだが、なにしろ大蟻は狼狽しているし、ホームグラウンドではないし、それに中蟻の方は無数に穴からくり出して来る。大蟻一匹に対して中蟻は三匹も四匹もかかるから大へんである。またたく間に敵味方の死屍ルイルイということになり、逃げる奴は逃げ、そして事は落着する。羽根をもったやつは戦闘力は全然持たない。そこらをウロチョロした揚句に嚙み殺されるか、あるいはブーンと飛び立ってどこかに逃げてしまう。私は蟻の羽根はあれは飾りだとばかり思っていたが、実際に飛ぶ。かなりの飛翔力を持っているようだ。

この人工的喧嘩は、大を中に、中蟻を門前の小蟻にはこんだ場合には成立するが、逆の場合はあまり成立しにくいのだ。たとえば中蟻を大蟻の穴にはこぶと、中蟻はもう動顚《どうてん》して、戦わずして四散して逃げてしまう。万一大蟻の穴に這い込もうとしても、番兵蟻に一コロで殺されてしまう。とても喧嘩にはならない。

私の見た限りでは、我が家の蟻で一番封建的なのは大型蟻である。封建的と言っても見た感じだけなのだが、一例をあげると大型蟻は必ず穴の入口に番兵を置いている。巣の表玄関とでも言うべき大きな穴には常時五匹ぐらい、あとは穴の大きさに応じて三匹とか一匹とか、それぞれの員数を配置している。中型蟻と小型蟻は、時々番兵らしきものを見かけるが、常任番兵はいないようだ。大型にくらべて若干民主的な感じがする。民主的と言っても憲兵みたいなのがいるわけだから、比較しての話だ。

蟻についてはまだまだ書くことがあるけれども、はてしがないから止めにする。とにかくこの愛すべき蟻たちを、近所の雄鶏がつつきに来る。うちの子供たちはこの雄鶏にオートバイというあだ名をつけた。ふつうの鶏を自転車だとすると、これはオートバイぐらいに堂々としているからである。このオートバイにむかって、ある日カロが飛びかかった。

オートバイはよそもののくせに、我が家の庭を横柄に我がもの顔で闊歩《かっぽ》する、そのことをカロはかねてから面白く思っていなかったらしい。それを今まで放っておいたのは、オートバイがあまりにも堂々としているし、また油断やすきが見出せなかったのだろう。その日はオートバイはすこし油断をしていた。あたりを見回してもカロの姿は見えなかったからである。見えぬも道理、カロは柿の木の上にのぼっていた。だからオートバイは安心して蟻をつつき散らしていた。

そのオートバイめがけて、カロは柿の木を逆落しにかけ降りて、背後から飛びかかったのだ。けたたましい鳴声やうなり声が交錯して、羽毛が飛び散り、脚がすばやく動き、そしてオートバイが戦闘体制をとり戻した時は、もうカロは縁の上にサッとかけのぼっていた。すばやく一撃をあたえて、サッと反転したわけである。オートバイはあちこち爪を立てられ、脚も負傷したらしく、びっこを引きながら生垣をくぐって退却して行った。

庭に散らばった羽毛は、子供たちがよろこんで拾い集め、帽子のかざりにした。

私は秋山君に手紙を書いた。カロの今までの罪状と、ついにその被害は家の中だけでなく、近所の鶏にも及んだこと。この度は鶏の負傷だけですんだが、もし将来嚙み殺すような事態が起きれば損害賠償ということにもなりかねない。そうすれば困るのは私である。そこで申し憎いことだがカロをお返ししたいと思うが、都合は如何、ということを問い合わせてやった。前に二度捨てに行ったことは、秋山君に悪いから伏せて置いた。

秋山君はそれから三日目に訪ねて来て呉れた。もう即座に引取る気で、古バスケットをぶら下げている。私を見てすぐに言った。

「カロがそんな悪事を仕出かしましたか」

「そうなんだよ。これもひとえに僕の不徳のいたすところかも知れないが」

「そうでしょうな。もともと素姓の正しい猫なんだから」秋山君は憮然たる表情をした。

「じゃ、とにかく引取りましょう」

そこで私は秋山君を招じ上げ、そえもののカツオブシがわりと言うわけではないが、一席の宴を張って秋山君を歓待した。宴果てて秋山君はカロをバスケットに押し込み、タクシーに乗って帰って行った。儀礼上タクシー代は私が受持った。秋山君の家は私の家と十キロ以上離れているし、しかも夜のタクシーだから、カロの帰巣感覚も相当に狂ったらしい。作戦が図に当ったわけだ。

以下は秋山君が話して呉れたのだが、その夜タクシーを降りて家につき、バスケットを開いたところ、カロは矢庭に外に飛び出して、秋山君の家の周囲をぐるぐると七八回回ったという。この新しい家の形や大きさ、そんなものをはかると同時に、方向感覚を調整するためだったらしい。秋山夫妻が黙ってそれを見ていると、カロは闇をにらんでしきりに小首をかたむけていたが、やがて思い決したように西南の方角めがけて走り出し、またたく間にその姿は闇に没してしまった。私の家は秋山家から大体西南方に当るのである。

しかしカロはついに私の家には姿をあらわさなかった。一週間目に再び秋山家に戻って来た。行けども行けども私の家が見当らないものだから、諦《あきら》めて秋山家に戻ることにしたらしい。げっそりと痩せて、折からの雨に濡れ鼠になっていたそうである。秋山君は早速縁側に上げて、タオルで全身をふいてやり、ミルクを飲ませてやると、やっと人心地（?）がついてニャアと啼《な》いた。すなわちこれで秋山家に飼われたいと意志表示をしたのである。

ところが秋山家にはもう一匹猫がいる。マリと言って雌猫で、カロの母親にあたるのだ。カロとちがって大へん小柄で、こんな小柄な猫からカロみたいな大猫がよく生れたと思われるほどだ。カロは生後直ぐ我が家に来たのだから、マリを自分の母親とは知らないらしい。またマリの方も、カロを伜とは思っていないようだ。猫なんてまことに薄情な動物だから、そんなものだろう。

で、秋山家は猫が二匹になった。二匹になったからには、食事も二倍要る。それをどういう具合にして与えるかというと、大きな皿に二匹分一緒に盛って台所に置いてやると、先にマリの方が食べ始める。カロはすこし離れたところに坐って、マリが食べ終るのをじっと待っている。マリが食べたいだけ食べて皿を離れると、その残りをカロがいただくということになる。カロが先に食べるということは絶対にない。体力はカロの方が強そうだが、マリにひたすら遠慮しているのだ。食う量もマリが皿の三分の二ほども食べてしまうから、カロは残る三分の一、すなわちマリの半量というわけだ。

「やはり放射能のせいですな」秋山君は確信あり気に言った。「あんたの家に戻ろうと、一週間も街をさまよったでしょう。あの一週間は相当に雨が降った。それで濡れ鼠になり、すっかり放射能にしみこまれたんですな。だから食量も少く、すっかり元気がなくなったです」

「その逆で食量が少いから、元気が出ないんじゃないかね」と僕は反問した。

「そうじゃありませんよ。そんなに空腹なら、マリを押しのけても食べる筈です」

「やはりマリに遠慮してるんだよ。猫というものは人につくものでなく、家につくものらしいからね。家につくからには、どうしてもその家の先任猫に勢力があるんじゃないかな」

「そんなことはありません」秋山君は頑強に言い張った。

「どうしたって放射能ですよ。あんたも気をつけたがいい。世田谷区産の野菜は特に放射能が強いという話ですからね」

「そんなものかな」私は半信半疑でうなずいた。秋山君の意気ごみに圧倒されたような形である。


そう言えば他にもやや不思議なことがある。うちにエスという飼犬がいて、どこからか迷い込んできたのをそのまま飼っているのだが、これが近頃元気がない。エスの住居は私の家の玄関脇で、その犬小屋も秋山君がつくって呉れた。なかなか堂々たる板小屋で、入口に『梅崎エス』という表札までかかっている。堂々たると言っても、犬小屋のことだから、中は一部屋である。次の間つきというわけには行かない。

このエスが二箇月ほど前から、妙に神経質となり、とくに花火の音を怖がるようになった。近くの商店街などで景気づけに花火を上げる。するとエスはあわてふためいて泥足のまま家の中に上ってくる。一部屋だけの犬小屋の中でじっとしているのが怖いらしいのだ。この犬も割に大柄で、それに恐怖にかられているから、家から外に押し出すのには一苦労する。足をつっぱって出まいとするのを、首輪を持って引きずり出さねばならない。とても女子供には出来ない仕事で、もっぱら私の役目になっている。

この間私が不在の時に花火が上って、エスはのこのこと縁に上ってきた。それから泥足のまま座敷に入り、床の間にでんと坐り込んで、押せども引けども動かない。蠅叩《はえたた》きでピシピシ叩いても頑として動かず、二時間も坐り込んでいたそうだ。間もなく私が帰って来て、力まかせに外に放り出してしまったが、何故そんなに花火の音を怖がるのか判らない。放り出すと哀しそうな目付きで私を見て、こそこそと犬小屋の中に入って行った。「どうも犬の癖に花火を怖がるなんてダラシがなさすぎる」と私は半分怒って言った。「花火が怖いようじゃ、とても泥棒や押売りよけにならないぞ。抵抗療法でその臆病癖を矯正《きょうせい》してやる」

私はそこで街に行って、鼠花火を二十個ばかり買って来た。一個五円である。それからエスの首輪をクサリでつなぎ、クサリの別の端を竹の垣根に結びつけた。エスは不安そうに私の動作を上目使いでうかがっている。お前の臆病癖を治すためにこんなことをやるのだ、と私はエスに言い聞かせて、おもむろに鼠花火を三個地面に置いた。エスは判っているのか判っていないのか、おどおどした眼でそれを見ている。家中の者は縁側に立って眺めていた。人間だって気が狂えば、電気ショックというべらぼうな療法をほどこされるのだ。鼠花火如きは荒療治の中に入らない。二十個ぐらいも鳴らしたら、エスもその音に慣れてしまうだろう。そういう算段であった。

私はマッチをすり、三個いっぺんに火をつけた。すると三個は三方に飛び散り、シュシュシュシュと火をふきながら、コマ鼠のようにキリキリ舞いを始めた。エスはそれを見て愕然としたように一声ほえ、懸命に走り出そうとしたが、クサリで垣根につながれている。その垣根の竹がポキッと折れる音がした。そのとたんにキリキリ舞いしていた鼠花火の一つが、ちょっと宙に浮き上ったと思うと、おそろしい勢いで私のズボンの裾に飛び込み、私の脛毛《すねげ》を焼いてパパンと破裂した。

縁側から見物していた家人たちの言によると、その瞬間私は大声を立てて三尺ばかり飛び上ったそうである。

エスは折り取った垣根の一部もろとも、一目散に表の方に逃げて行った。

私はよろめきながら縁側に腰かけ、ズボンをまくり上げた。鼠花火は脛にはいのぼり、それからふくら脛《はぎ》に回って破裂したらしいのだ。見る見るそこらの皮膚が赤く腫れ上ってくる。皆がしんけんな表情でそこをのぞきこんだ。

「は、はやく油薬を持ってこい」と私は吩鳴った。「早くしないと俺は死んでしまう」

急いで持って来た油薬を塗りながら、家人が言った。

「まあ、まあ、こんなに火ぶくれになって、さぞかし熱かったでしょう」

「熱いのなんのって、世界の終りが来たかと思ったぐらいだ」と私は言った。「そ、そんな乱暴に塗るんじゃない。皮がやぶれてしまうじゃないか」

結局この火傷が治るのには二週間という日時が要った。全治二週間の火傷というわけだ。残りの十七個の鼠花火は、腹が立って仕様がないから、近所のドブ川の中にたたきつけてやった。エスに対する抵抗療法もそれっきりだ。結局こんな療法を思いついたばかりに、私はひどい火傷を負い、垣根はこわされたという勘定になる。引きあった話ではない。

だからエスは今でも花火が上ると、依然として家宅侵入してくる。そこで近頃では犬小屋にクサリでつなぎ、家に侵入出来ないようにしているが、それでも花火がつづけざまにポンポン上ると、エスはもう身も世もなくなるらしく、あの重い犬小屋を引きずって右往左往する。

秋山君に聞けば、これも放射能のせいだと言うに違いない。

オートバイはカロから襲撃されて以来、我が家の庭に姿をあらわさないようである。では、蟻たちは幸福であるかと言うと、このところ長雨がつづいたせいか、晴間にも表にあまり出て来ない。数も少しは減少したのではないかと思う。蟻なんていうものは、地面の下に巣をつくる関係上、雨が降れば雨はその巣にしみこむだろう。すると蟻の数が減ったのは放射能のせいでないとは、私も断言出来ないのである。もっとも蟻に肝臓があるかどうかは、寡聞《かぶん》にして私も知らない。

（「小説新潮」一九五四年九月号）

ボロ家の春秋

野呂旅人という名の男がいます。そいつはどこにいるか。目下僕の家に居住している。つまり僕と同居しているというわけです。しかしこんな場合、同居という呼び方が正しいかどうか、僕にはよく判らない。貴方《あなた》も御存知のように、僕は世間知らずの一介の貧乏画家だし、言葉の使用法にあまり敏感なたちじゃありません。でも僕の感じからすれば、同居というのは、同じ権利をもって一家に住みあうこと、一方が他方に従属することなしに住み合うこと、（もし従属すればそれは居候《いそうろう》とか間借人などと呼ばれるべきでしょう）そんなことじゃないかと思うんですが、そこらの関係が僕等の間ではたいへん複雑になっているのです。第一この家は一体誰の所有物なのか、僕のものか、野呂のものか、僕等以外の第三者のものなのか、それが全然ハッキリしていないのです。まことに困った話です。野呂旅人という男は、歳はたしか三十一。背丈《せたけ》はせいぜい五尺どまり。身体も痩せていて、体重も十貫か十一貫というところでしょう。しかしこの男はもっともっと肥る素質はあると思います。なんとなくそんな感じがします。それなのに一向肥らないのは、栄養を充分に摂《と》っていないせいだと、僕はにらんでいます。もっともその点にかけては、僕もあまり大口たたく権利はないのですが。――で、今申したように野呂という男は、ミバも良くないし、頭も切れる方じゃなし、パッとした男じゃないのですが、ひとつだけ外見上の特徴がある。それは疣《いぼ》です。疣というのは辞書を引くと、『皮膚上に、筋肉の凝塊《ぎょうかい》をなして、飯粒ぐらいの大きさに凸起せるもの』とありますが、野呂のは飯粒よりももっと大きい。ゆで小豆《あずき》ぐらいは充分にあります。それが一つだけならいいのですが、御丁寧にもおでこに三つ、顎《あご》に二つ、合計五つの疣が、ちりばめたるが如くに散在しているのです。で、このイボ男が僕と同居している。どういう事情といきさつで野呂が僕と同居することになったか、それを話す前に、先ず家のことについてお話ししたいと思います。

家と言っても、僕が住んでいるくらいだから、大した家じゃありません。アバラ家と言った方が近いでしょう。部屋は三つ。八畳の洋室が中央にあって、四畳半の和室が両側についている。部屋はそれだけです。洋室なんて言うとしゃれた風《ふう》に聞えますが、まあ何のことはない、ザラザラの板の間です。あとは台所、便所、風呂場など。それに五十坪ほどの庭。それで全部です。たいへん古い家で、僕の推定では少くとも建ってから三十年は経過しているでしょう。雨は漏るし風は入るし、柱はかたむき庇《ひさし》は破れ、形容枯槁《ここう》して喪家《そうか》の狗《いぬ》の如く、ここらで金をかけて根本的にテコ入れしなきゃ、大変なことになりそうなのですが、そこはそれ誰の持ち家か判然《はっきり》しないものですから、誰も手出しをせず、ついそのままになっているのです。だんだん梅雨が近づくというのに、まったく憂鬱な話です。

こんなボロ家に、どんないきさつで僕が住み込むことになったか。先ずそれをお話し申し上げたい。

不破数馬という人物がいました。僕はこの男と昨年の春、都電の中で知り合ったのです。都電の中で知り合ったなんて、ちょっと不思議に聞えるかも知れませんが、話はかんたんなのです。ある日僕が都電に乗っていると、僕の前に不破が立った。わりに混んでいて、僕は腰かけていたが、不破は空席がなくて釣革にぶら下っていたというわけです。もちろんその時、前に立っているのが不破という人物であるとは、僕は全然知らないし、また関心もなかった。同車の乗客に一々関心を持ってたら、神経がすり減ってしまうだけですからねえ。僕は疲れてぼんやり電車に揺られていました。ところが終点近くになって、ふと僕の興味を非常にひきつける現象が、その不破の身辺に起ったのです。

不破の隣りに若い男が同じく立っていました。眼鏡《めがね》などをかけ、一見サラリーマン風《ふう》に見える。そいつが夕刊をひろげて読んでいるのです。いや、実際読んでいるのか、ただ拡げてるだけなのか、それはよく判らないのですけれども、その夕刊のかげからその男の手がじわじわ伸びて、時々不破の上衣のポケットをそっと押えてみるらしい。車体の動揺のためかと思ったのですが、それにしては指の動きが不自然だ。スリかな、と思ったけれど、僕は黙っていました。電車はごうごうと走って行く。僕は眼を薄眼にして居眠りをよそおいながら、その手の動きに注意していました。指が女みたいにしなやかに動いて、ポケットの表面を小当りするのですが、なかなか本儀には及ばない。僕は少しずつ胸がどきどきして来ました。こういうことは他人事《ひとごと》ながらスリルがあるものですな。それはちょいと魚釣りの気分に似ていました。もう掛かるか、もう掛かるかと、ワクワクしながら観察していますと、その手がとたんにグニャリと平たくなって、するするとポケットに忍び込んだ。僕次の瞬間、人差指と中指にはさまれて、革の財布が無雑作に引き出されて来たのです。僕の心臓は大きくドキンと脈打って、少々きたない話ですが、不覚にも下半身においてある種の生理現象を、ほんのちょっぴりとではあるが起したくらいです。僕は小さい時から大へん緊張すると、とたんにそういう現象をおこす因果な癖があるのです。黄昏《たそがれ》時の車内だし、新聞紙にもさえぎられているし、おそらくそれを見たのは僕だけでしょう。当の不破ものんびりした表情で窓外薄暮の風景などを眺めています。そして財布を抜き取った手の持ち主は、徐々に身体をずらして、出口の方に移動して行くらしい。僕は思わず不破の膝《ひざ》頭《がしら》をこつんとこづいた。

何故、どんな心算《つもり》で、僕が不破の膝をこづいたか。正直に言ってそれは社会的な正義感というものではなかったようです。言うならばお節介ですか。そんな気合いだと言った方が正しい。僕は生れつき相当のオセッカイ屋で、他人との関係にもこれなくしては入れなかった。でも、大ざっぱに言えば、人間と人間とを結び合うものは、愛などというしゃらくさいものでなく、もっぱらこのオセッカイとか出しゃばりとかの精神ではないでしょうか。大づかみに僕はそう了承しています。オセッカイこそ人間が生きていることの保証であるという具合にです。それにもう一つ、その時嫉妬の気分も多少は僕にあったらしい。もちろんスリ手の若い男に対してです。あいつだけに旨い汁を吸わしてなるものか。一体目撃者の俺をどうして呉れるんだ、というようなあんばいに。

不破はきょとんとした表情で僕を見ました。そこで僕は腰を浮かして、不破の耳に顔を近づけた。不破の耳たぶは大きかったですな。所謂《いわゆる》福耳というやつで、こんな耳の持ち主に悪人はめったにいないと言われています。その大きな耳たぶに、僕が今目撃したあらましを口早に吹き込みました。すると不破の顔がさっと紅潮して、出口の方をにらみつけるようにした。電車は新宿終点に停止しかかっていたのです。

たちまち不破は人混みをかきわけて、出口へ突進しました。つづいて僕も。そして停留場から二十米《メートル》ぐらいの地点で、その若い男の肩をがっしとつかまえたのです。僕らが追っかける跫音《あしおと》を聞いても、若者は逃げ出そうとはしなかったですな。よほどしたたかな奴だったに違いありません。そいつは肩を摑まれたとたんに、かねて予期した如くひょいと振り返り、財布を両手に捧げ持って、ぱっと最敬礼をいたしました。まるで戦時中の『××に対し奉り最敬礼』とでも言った恰好なのです。ふしぎなものでそうやられると、こちらの気合いがスポッとちぢこまってしまい、不破はその財布をあいまいに受取ってしまった。すると若者は最敬礼のまま四五歩後退し、おもむろに頭を上げ、廻れ右をしてしずしずと彼方に歩き去って行きました。まことに天晴《あっぱ》れな進退で、僕らはすっかり気を呑まれて、ただ茫然と見送っているばかりでした。交番にしょっぴくことに思いを致したのは、人混みにまぎれ去った後のことなので、どだい話にもなりません。

しかしそれでも、財布が戻ってきたことだけでも不破は大喜びして、僕に一度御馳走したいと申し出ました。僕もそれを拒む理由はないし、欣然と応諾しました。不破が連れて行ったのは、花園町のあるウナギ屋の二階です。不破は革財布を掌でパタパタと叩きながら、

「どうせすられたものと諦《あきら》めて、ひとつ今夜は豪勢に行きましょう」

と言いました。そしてその財布から名刺を一枚出して僕に呉れたのですが、それは『不

破数馬』と印刷してあった。不破は鼻翼をびくびく動かしながら、自分は不破数右衛門の直系の子孫であると、やや誇らしげに語りました。なるほどいい福耳はしているし、顔付も柔和だし、そんな名門の出であることもまんざらウソではなかろうと、僕はその時思いました。スリに掏《す》り取られるのも、性根《しょうね》が間抜けなせいでなく、おっとりした人柄のせいに違いない。そう僕は思った。そして僕らはウナギを食べ、酒を飲み始めました。さすが数右衛門の子孫だけあって、不破のはいさぎよい飲みっぷりでした。チョコではなく、コップのがぶ飲みです。すっかり意気投合して大いに飲み、ふと気がつくともう十二時近くです。僕はびっくりして立ち上った。当時僕の家は八王子にありまして、早いとこ行かねば電車がなくなってしまうからです。

ところが不破数馬はがぶ飲みの故か、俄《にわ》かにがたっと参ってしまって、畳に伸びてしまった。ねえさんが勘定書を持って来ても、ぐにゃぐにゃしてさっぱり正体がない風《ふう》なのです。仕方がないから僕が不破のポケットを探って、ずっしりふくらんだ革財布をつまみ出し、それをあけて見ますと、現金はたった二百二十五円しか入っていない。ふくらんでいるのは古ハガキを五六枚折り畳んで押し込んであるせいで、その一枚をちょっと拡げて見たら、都民税か何かの督促状のようでした。督促状じゃ仕方がありません。そこで僕は渋々自分の財布を取出して、勘定の決着をつけました。そしてひとりで帰ろうとすると、この伸びた男も連れて帰れと女中が強硬に言い張るものですから、余儀なく不破をひっかつぐようにしてハシゴ段を降りた。降りて外に出ると、不破はすこし正気を取戻したようで、自分を送りがてら家に泊りに来いと言う。時刻からみて八王子行きの終電は出たあとらしいいし、僕も少々酔ってどうでもいいような気分になっていたし、即座に不破の家に泊りに行くことに決め、タクシーを呼びとめました。不破の家は京王線の代田橋駅の近くにあるのです。僕らを乗せた小型タクシーは、たんたんたる月明の甲州街道をひた走りに走り、とある横丁に折れて一町ばかり行き、そして不破家の門前で停止しました。そのタクシー代も僕が支払いました。この不破家が現在僕が居住しているところの家なのですが、夜のことではあるし、またさんさんたる月光の下では、そんなボロ家屋には見えず、結構ひとかどの邸宅に見えましたな。門を叩くとやがてごとごとと寝巻姿の不破夫人が出て来た。どうも夫人の方が不破より年長のようで、不破を四十ぐらいとすると、夫人は四十五歳ぐらいに見えました。無愛想に門をあけ、僕らを見てもおどろいたような顔もせず、さっさと引込んでしまいました。その夜僕は東の四畳半で、不破と同じ布団に寝ました。夫人は西側の四畳半です。

それから夜が明けて、朝飯を御馳走になりました。朝になって見るとさすがにボロ家で、それに感心したことは家財道具がほとんど無い。全くがらんとしているのです。布団や食器類、そんなぎりぎりの生活必需品だけで、あとは何もない。チャブ台すらないのです。僕らは茶碗を畳にじかに置いて、朝餉《あさげ》をしたためました。四辺《あたり》を見廻しながら、ずいぶんサッパリしておりますな、と僕が感心して見せたら、自分は物に執着を持たないたちだという意味のことを、不破はにこにこしながら説明しました。夫人は終始仏頂面で飯をかっこんでいました。酔った翌朝のことですから、味噌汁が非常においしかった。またつくり方も上手でした。旨い味噌汁をつくる女は世帯持ちがうまい、そういうことをよく耳にしますが、そうだとすればこの不破夫人は、仏頂面はしてても、きっとやりくりが上手に違いありません。僕はそのワカメの味噌汁を三杯もお代りをしました。

このがらんとしたボロ家に、不破と夫人と二人だけで住んでいる。もったいない話だ。では、半分僕に貸してやろうという話が、どんなきっかけから起ったのか、僕はもうほとんど覚えていません。どちらから言い出したのか、それも忘れてしまった。しかし僕は当時八王子の親爺の家に住んでいたのですが、東京には遠いし、また八王子の家は手狭で画を描くにも不便だし、いずれは東京で部屋を借りて独立しようという気持はあったのです。この家の八畳の板の間なら、アトリエとして充分に使える。それに不破もおっとりした柔和な性格だし、夫人も無愛想ではあるが意地悪なひとではないらしい。万事好都合なわけですから、たちまち話はまとまりました。

「ほんとに君に来てもらうと、用心にもなるし、僕らもたすかるよ」

不破は機嫌よく笑いながら、そんなことを言ったりしました。僕が東側の四畳半に住み、不破夫妻は西側に住む。板の間は両方の共同にする。そういう条件でした。

「それで——」と僕は最後に訊ねました。「間代の方はいかほどですか」

「うん。月に五百円もいただくか」

と不破は無雑作に言いました。金のことなど問題でないという風《ふう》な言い方でした。

「では、権利金は?」

「うん」不破は面倒くさそうに顎《あご》のあたりをがしがし掻きました。「五万ほどいただくとするか」

僕はちょっと黙り込みました。間代は法外に安いのですが、その割にしては権利金が少々高過ぎるような気がしたからです。するとその気配をさとったのか、不破はひょいと顔を向け、ニコニコしながら言いました。

「いや、何なら四万でもいいんだよ」

「そうですか。じゃあ、そうお願いします」

それで話がきまってしまいました。スリが取り持つ縁で、家主と間借人の仲になるなんて、まことに面白く浪曼的なことで、小説のタネにでもなりそうな話ですな。で、その日は不破家をおいとまして八王子に帰り、親爺を口説いて四万円出して貰いました。親爺も四万という金には少し渋ったようですが、僕だって何時までも親がかりでは困るし、以後経済的にも独立するという条件で、やっと出して貰ったのです。もちろん不破家に引越したとて、すぐに画が売れ出すというわけはない。でも僕にはひとつの目論見《もくろみ》があったのです。あの不破家の八畳の板の間、あるいは好天気の折は庭先を利用して、毎日曜毎に小学生相手の画の講習実習をやったらどうだろう。さいわい不破家近辺は住宅地域ですから、二十人や三十人は集まるだろうというのが僕の目算でした。一人から月謝を三百円取れば、三十人で九千円になります。間代は五百円だし、八千五百円あれば一人口はらくらく養えるでしょう。そういう我ながら抜け目のない計算でした。

不破と知合いになって三日目に、僕は世帯道具や画の道具一式をオート三輪に積みこんで、はるばる八王子から代田橋にバタバタバタバタと引越して来ました。世帯道具の方は不破にならって、ギリギリの必需品だけにしたのです。その夜不破とかんたんな契約書を作成し、四万円を手交し、それから近所のソバ屋から引越しソバを取り、ソバを肴にして簡略な祝宴を開きました。不破夫人もその祝宴に参加して来ましたが、おどろいたことには夫人はその風貌に似ず、亭主を上廻る酒豪で、二升用意したのが足りなくて、もう一升買い足したほどでした。典型的なウワバミ夫婦とでも言うべきでしょうねえ。

　ところがこのウワバミ夫婦との同居生活は、わずか一週間をもってはかなく終りを告げました。一週間目に夫妻もろとも、夜逃げというか昼逃げというか、どこかに失踪してしまったのです。これはまったく予想外な出来ごとでした。

　失踪の前の晩、不破数馬はすこし酔って僕の部屋にやってきて、壁にかかっている僕の画を批評したり、あやしげな画論をはいたりしていましたが、やがてもじもじしながら、部屋代の前納という形でもいいから、二千円ばかり貸して欲しいと切り出した。夫婦で赤穂に行き、先祖の墓参りをして来たいというのです。一週間前四万円という金を渡したのに、もう二千円貸して呉れとはすこし妙だとは思ったのですが、僕が知らない事情があるのかも知れないし、まさか失踪するとは思わないから、間代前納の形式ならそれでもいいと思った。しかし念のために訊ねてみました。

「先祖のお墓って、なにも赤穂まで帰らずとも、泉岳寺にあるじゃありませんか」

　すると不破は憐れむような笑い方で僕を見て、

「僕の先祖というのは、なにも数右衛門だけじゃありませんよ。数右衛門の息子だってそうだし、そのまた息子だってそうだし、代々が僕の先祖様なんだ」

　なるほど、そう言えばそうですから、僕も納得して、なけなしの財布から千円札二枚渡してやりました。不破の言によると、赤穂行は墓参のためだけでなく、あちらにある山林を処分する用も兼ねているから、一週間や十日はかかるかも知れない。その間の留守番として、遠縁の野呂という男をここに寝泊りさせるから、仲良くしてやってくれ。野呂は明後日頃やって来る筈だ、と言うようなことでした。僕だって留守番の全責任を持たせられるのは重荷ですから、よろこんでその申し出を承諾しました。

翌朝、十一時頃まで朝寝して、起き出した時には、もう不破夫妻の姿は見えませんでした。朝立ちをしたものと見えます。飯を焚《た》こうと台所に行くと、僕の飯盒《はんごう》の上に一枚の便箋が置いてあって、なかなかの達筆で、

『野呂君と仲良くしてやって呉れ給え。彼はしんからの好人物であります』

そう書いてありました。もちろん不破の筆跡です。僕と野呂という男の仲を妙に心配しているんだな。ちょっとそう訝《いぶか》っただけで、直ぐその便箋は折り畳んでポケットにしまいました。

野呂がやって来たのは、それから二三日経った正午頃でした。僕が板の間にイーゼルを立てて庭の写生をしていると、表の方で大八車の音が聞え、やがて跫音が庭に入って来ました。庭に入って来た男は僕を見て、少しおどろいたらしく立ちすくんだ。僕は絵筆を置いてそいつの顔を見ました。汗だらけのその顔にはあちこち疣《いぼ》がくっついていて、それが

まず印象的でした。

「野呂君ですか？」

と僕は訊ねました。

「いかにも僕は野呂ですが——」野呂は訝しげに板の間をのぞき込みました。「不破さんは居ないんですか」

「不破さんは昨日兵庫県に立ちましたよ」僕も不審に思った。だって留守番に来るんだったら、当主の旅行ぐらい知っていそうなもんですからねえ。「十日ぐらいかかるって言ってましたよ」

「十日？」野呂は眉をひそめました。「そりゃ困るなあ」

「困ることなんかないでしょ」

「困るよ」そして野呂はじろじろと僕を上から下まで眺め廻して、急に言葉がぞんざいになりました。「一体君は何だね。留守番かね？」

「留守番じゃないよ」少々僕もむっとして言い返しました。「留守番は君じゃないか。僕はここの居住者だ」

「居住者？」バカじゃなかろうかというような眼付で、野呂は僕を見た。「何を君は言ってるんだね。この家は僕のものだよ。不破氏から僕が買い受けたんだ。君は早々に出て行って呉れ」

「買い受けただって？」

今度は僕がびっくりして棒立ちになりました。

「そうだよ。早く荷物をまとめて出て行って呉れ。僕は僕の荷物を大八車でエンヤコラ運んで来たんだ」

「そ、そんな無茶な。僕だってちゃんと権利金を払い、きちんと賃貸借の契約をしたんだぞ」

僕は僕の部屋にかけこんで、領収証と契約書を急いで取出し、引返して野呂の前につきつけてやりました。野呂はそれを受取って調べ始めた。やがて不安と困惑の色が彼の顔いっぱいに拡がって来たようでした。

「不思議だねえ」彼はがっくりと板の間に腰をおろし、嘆息するように言いました。「何か誤解がある。まるでこの世には誤解が充ち満ちているようだ」

「君が買い受けたってのは、どんな事情だね」と僕もおろおろと訊ねました。「不破数馬氏からちゃんと買い受けたのかい？」

「そうだよ」

野呂はそれからいじめられた子供みたいな表情になって、語り始めました。それによると、半月ほど前、新聞広告欄で売家の広告を見て、この家に不破を訪れたんだそうです。すると不破は家の内外をくわしく見せ、土地も借地であるし、家もボロ家であるからして、十五万円にお負けしようとのこと。野呂の方も大体手頃の値段だと思ったが、言い値で買うのは野呂家の家憲に反するので、とりあえず一万円値切った（ケチな男ですな）というのです。すると不破はニコニコしながら快諾した。そこで野呂は四万円を手付けとして置き、残余の十万円が都合出来次第引越して来て、その節登記の変更をしようという話にまとまったんだそうです。

「だから僕は引越し車を引いてやって来たんだ」と野呂は悄然《しょうぜん》と頭を垂れました。「一体僕はどうなるんだろう。だまされたのかしら」

「そうかも知れないね」僕も不安げに相槌《あいづち》を打った。「でも、それにしてはおかしい。不破氏はまだ君から十万円取り分があるんだからね。逃げ出すわけがない。逃げたら損だものね」

「そうだねえ。それじゃやっぱり墓参に出たのかな」

「しかし、それにしても、君に売渡す約束をしながら、この僕から権利金を取ったのは、どういう心算《つもり》だろう？」

「十万円が入ってから戻すつもりじゃなかろうか」

「そりゃあんまり僕を踏みつけにしたやり方だよ」僕はすこし怒りました。「それじゃ僕はツナギに使われたようなもんじゃないか」

「まあそう決ったわけじゃない」野呂は僕をなぐさめました。「とにかく不破氏が帰って来てから、その所存をただしてみよう」

「とにかく荷物を搬入した方がいいね。置き放しは物騒だからね」

「あっ、そうだ」

野呂はぴょこんと飛び上って、あたふたと表の方にかけて行きました。そこで僕もサンダルをつっかけて、そのあとを追った。門前に大八車がとまっていて、荷物がわんさと積んであります。どこから引っぱって来たのか知らないが、こんな大荷物をひとりで引っぱって来るなんて、痩せっぽちのくせに相当な体力だと内心舌を捲きながら、僕は荷物の搬入をせっせと手伝ってやりました。ところが野呂はそれを特に感謝する風《ふう》でもなく、至極あたり前の表情で、時には僕に指図がましい口まで利くのです。この椅子を持てとか、これはこわれやすいから大切に運べとか、そんな具合に命令する。好意で加勢してやっているのに身勝手なことを言うなと思ったけれども、とにかくすべてを運び入れました。ところがそこで一悶着起きた。運び入れた洋服簞笥《だんす》や机のたぐいを、野呂がせっせと中央の板の間に据《す》え始めたものですから、僕が一文句をつけたのです。

「板の間にあまり置かないで呉れ。西の四畳半に置けばいいじゃないか」

野呂は顔を上げて、じろりと僕を見ました。

「そんなことを指図する権利が、一体君にはあるのかい」

「あるんだよ」

そして僕は、僕と不破との間にかわされた板の間共同使用の約束を、野呂に説明してやりました。すると野呂は口をとがらせて言いました。

「だって、そんなこと、契約書には書いてなかったじゃないか」

「書いてなくっても、そういう口約束になっているんだ」

「そりゃおかしい。ウソだろう。ふつう間借人なんてものは、一部屋だけに決ってるものだよ。それを不破氏がいないからと思って――」

「ウソじゃないってば」僕も大声を出しました。「契約書に板の間共同をうたってないと君は言うが、一部屋だけだとも書いてないじゃないか。君の言い方は実証的でないぞ」

「それじゃ水掛け論は止しにして、現実的に行こう。失礼ながら拝見したところ、君は道具類をろくに持っていない。全然ないといってもいいくらいだ。ところが僕はごまんと持っている。持てるものが場所を広く取るのは、こりゃ当然の話じゃなかろうか」

「そんな横車があるものか」

さかんに言い争っておりますと、庭の方から、ごめん、という大声が聞えてきました。見ると何時の間に入って来たのか頑丈そうな男と肥った男が、二人並んで立っています。頑丈な男が急に眼付をするどくさせて言いました。

「不破数馬はいないかね」

「旅行に出かけました」

「トンズラしやがったな」

肥った方の男が、騎手が馬の尻をひっぱたくような恰好で、自分の尻をピタンと叩き、口惜しげに言いました。頑丈男は一歩足を踏み出し、僕ら二人を指差しながら、威圧するような声で、

「君らは一体何だ！」

「それよりもあなたは一体誰ですか」と野呂が肩をそびやかした。

「僕はその筋のものだ」

そして頑丈男がポケットから、警察手帳みたいなものを出して見せたものですから、野呂の無理していからせた肩は見る見る低くなって、すっかり撫肩《なでがた》になってしまいました。

「はあ。僕は不破さんからこの家を買った者です」

「僕は不破さんからこの家を半分借りた者です」と僕も遅れじと言いそえました。「とも

かくも一応おあがり下さい」

二人は靴を脱いでのそのそと上って来ました。僕は台所に行ってお茶を沸かし、そして板の間に四人は車座になって坐りました。肥った男が名刺を出しましたが、それによるとこれは刑事ではなく、陳根頑という第三国人でした。

「わたしは台湾生れで、現在渋谷の方で中華飯店を経営しております」と陳さんは茫漠たる笑顔で、そう自己紹介をしました。笑顔といっても、笑っているのは顔の筋肉や贅肉《ぜいにく》だけで、眼は全然笑っていなかったようでした。「実は、わたし、不破君に十八万円の貸しがあってね。こりゃ、してやられたかな。はっはっはあ」

「君たちが家を買ったり借りたりしたいきさつは？」

と刑事が僕らに訊ねました。僕らは思わず顔を見合わせた。どうも面白くない方向にことが進行しているらしい。野呂もそんな表情をしていました。そして僕らは書類を提示したりしてこもごもその事情を説明し始めました。刑事は角張った顎《あご》で一々うなずきながら、黙って聞いていました。新聞などによく警察官が『事情を聴取する』という表現がありますが、如何にも『聴取』とはピッタリした語感ですな。僕らが話し終ると、刑事は首をかしげて、腕を組みました。野呂が心配そうに聞きました。

「やはり僕はだまされたんでしょうか。不破氏は戻って来ないでしょうか」

「おそらく戻って来ないでしょうな」刑事の言葉はいくらか丁寧になりました。こちらも被害者だと判ったせいでしょう。「あいつは他にも詐欺の容疑がある。手が廻るのを予知して、高飛びしたらしいです」

「じゃ僕の四万円は？」野呂がおろおろ声を出した。「そうすると一体この家は？」

「不破の名義になっている限り、不破の所有物でしょうな。その方の法律のことは良く知らないけれども」と刑事は面倒くさそうに答えました。「いや、お邪魔しました。不破が万一戻って来たとか、また何か連絡があった場合は、すぐ署の方に電話して下さい」

刑事は僕が出した茶に手もつけず立ち上り、さっさと靴を穿《は》いて出て行きました。つづいて陳根頑も。残された僕ら二人は茫然となり、ポカンと顔を見合わせていると、陳さんがあたふたと戻って来た。何か忘れ物でもしたのかと思ったら、そうではなかった。靴を脱いでどしんと坐り、僕の肩をぽんと叩きました。なにしろ二十数貫もあろうという陳さんのことですから、床板がめりめりっと鳴ったほどです。

「なあ。くよくよしなさんな。騙《だま》されたのは僕たちの不運だが、刑事の方にその方はお任せしてあるから、どうにかなるだろう」

「そうでしょうか。僕らはここに住んでてもいいでしょうか」

「うん。それについて、被害者同士として、いろいろ対策を立てる必要があると思うんだよ。だから明晩、あんたたち二人で、わたしの店に来て呉れませんか。晩飯でも食べながら相談をしましょう」

陳さんは手帳を一頁破って、店の地図を書き、それを僕に手渡しました。そしてまたあたふたと帰って行きました。

残された僕ら二人も、何時までも茫然としているわけにも行かず、もそもそと立ち上ってあたりを片付け始めました。とりあえずここに住むだけは住めそうですから、面白くない気持の半面、ほっとした気分もありました。論争中であった八畳の板の間の件も、そのままうやむやとなり、野呂も自発的に道具を西室へ移し始めたのです。これはお互いが共通の被害者であり、被害者同士の気持の寄り合いが、お互いの心を和《なご》めたためでしょう。僕も野呂の荷物の整頓に力をかしてやり、そして夕方になりました。二人はますます団結的な気持になり、うちそろって銭湯に行き、野呂は僕の背中を、僕は野呂の背中を流してやりました。げに美《うる》わしきは友情です。人間同士の和解だの団結だの、案外かんたんに成立するものですねえ。風呂から戻って来ると、僕の提案で簡略な引越し祝いをすることにしました。先日同様ザルソバと合成酒です。野呂もケチケチせず、こころよく割前を出しました。後日の野呂の言動から考えると、よくも文句なく割前を出したものだと、うたた感慨に堪えません。

ところがこの祝宴は、飲むほどに食うほどに、段々しめっぽくなって来た。話題が不破のことになり、僕も愚痴っぽいたちですが野呂も同様らしく、自然に会話がじめじめして来るのです。今思えば、両者とも四万円ずつ出し、当分ここに居住できそうな調子だから、別に愚痴をこぼすことはない筈ですが、当時の僕らの気分としては、四万円をタダ取りされた感じで、腹が立って腹が立ってたまらなかった。あんな福耳を持ってるからつい信用してしくじった、と僕が嘆くと、

「そうだ。そうだ。僕もあのキクラゲ耳にはすっかりだまされた」

と野呂が熱っぽく共鳴する。果ては、あんなインチキ野郎が得をして、自分みたいな正直者が損をする、神も仏もないものか、と野呂が男泣きに泣き出す有様で、さすがの僕も始末に困りました。さんざんなだめ、やっと泣き止んで貰って、これより当分同居することだから、お互いに理想的同居人たるべく努力しようと盟《ちか》い合い、西東にわかれてやっと寝に就きました。その夜僕は、自分の手が疣《いぼ》だらけになった夢を見ました。

さて翌日、野呂ははやばやと起き出し、台所で派手な音を立ててうがいをした。その音で僕は目が覚めました。それから野呂は飯をたき、庭で体操をして、弁当をかかえて出かけようとする。どこに行くんだと訊ねてみますと、学校に行くんだと言う。よく聞いてみると、野呂の職業は中学の国語教師なのでした。

「今晩は陳さんのタロコ亭に行くんだから、間に合うように帰って来てお呉れよ」

と僕は念を押しました。

野呂が出て行ったあと、僕はかねて考えていた画塾の塾生募集のポスターを十枚ばかりつくり、そして近所の電信柱に貼って廻りました。貼って廻りながら、以後俺は誰に家賃を払うのだろう、不破が失踪した以上誰にも払わなくて済むんじゃないか、などと考えてちょっと愉快になりました。


その夜タロコ亭についたのは、午後の七時頃です。タロコ亭は横丁のどんづまりにある小さな中華飯店で、飾窓には旨そうな鶏の丸焼きだの豚の脚などがぶら下っていました。僕らが入って行くと、奥の調理場から陳さんが肥軀をあらわして、やあやあどうぞ、と二階の小室に案内してくれました。壁には峡谷を描いた中華風の絵がかけてあって、陳さんはそれを指しながら、これが台湾のタロコ峡だと説明しました。陳さんの生家はその近くにあるということです。ただし画家の僕から見て、あまりその絵は上出来だとは思えなかった。

卓を囲んだのは、僕、野呂、陳さん、それにもう一人、陳さんの下で働いている孫伍風という若い男。なかなか機敏そうな筋肉質の若者で、陳さんの紹介によると、少林拳法の達人なんだそうです。宴なかばに孫は需《もと》めに応じて、その拳法の型を見せてくれましたが、その拳の動きの早いことと言ったら、まるで流星みたいで、こんな男と喧嘩でもしたら、一瞬に即死させられるだろうと思ったほどです。ちょっと沖縄の唐手にも似ています。孫の右頰には一筋大きな切り傷の痕《あと》がありますが、やはり喧嘩か何かで受けた創傷なのでしょう。

卓には御馳走が次々出ました。白片鶏《パイペンチイ》だの炒鶉蛋《チャオアムタン》だの蝦仁吐糸《シャーレントウスウ》だのその他いろいろ。あまり食べたことのない御馳走ばかりです。僕はあまりガツガツすると日本人の名誉に関すると思い、あまり食べないようにしたが、野呂と来たらわき目もふらずせっせと食べました。まったく自意識のないやり方です。酒は老酒《ラオチュウ》でした。この方は僕も遠慮なくゴシゴシ飲んだ。

陳さんの話では、不破という男はもともと悪い男ではないが、少々金銭的にはだらしない方で、それで今度のような事件をおこして身を誤ったのだという。戦後しばらく不破は『ニュー小説』という純文芸雑誌の編集長をやっていて、そこで陳さんと知り合ったということです。陳さんはビール（健康上の理由で老酒は断《た》っているとの由）のコップを傾けながら、自慢しました。

「わたしはこれでもね、芸術にはとても理解があるんでね」

この中華飯店のデブ主人が芸術に理解があるなんて、意外でもあり、またとても嬉しくなったものですから、僕も胸を張って言いました。

「実は僕も及ばずながら、芸術家のはしくれです」

「ほう。ほう」と陳さんは感嘆の声を上げ両掌をかるく打ち合わせました。「して、どの方面の芸術で？」

「絵画です」

そして僕は自分の所属団体や現在までの業績について、ささやかな説明をこころみました。すると陳さんはすっかり感激して、もっと飲みなさいもっと飲みなさいとコップに老酒を注《つ》いで呉れ、以後友人としてつき合って欲しいなどと言う。がらりとかわった歓待ぶりになったものですから、野呂はそれを見て面白くなくなったのでしょう。僕らのやりとりをしばらく横目で睨《にら》んでいましたが、頃あいを見はからって、ぐふんとわざとらしい咳《せき》をして、おもむろに、

「僕も小説を勉強して、今までに十編ばかり書きましたが、なかなかうまく行かないものですなあ。ハッハッハア」

と突拍子もない笑い声をつけ加えました。すると陳さんは且つは驚き、且つは相好《そうごう》をくずして、芸術家がかくも一堂に会するはめでたいことだなどと言いながら、野呂のコップ

にもせっせと老酒を注いでやりました。野呂はすっかり面目をとり戻して、にこにこしながら老酒を舐《な》めています。昨夜の引越し祝いとは打ってかわり、陽気は堂に満ち、飲むほどにいささかの躁狂的な傾向もあらわれて来たようです。もっとも躁狂的傾向といっても、それは僕と野呂だけで、孫伍風は酒は一滴も飲まないし、陳大人はビールだけですから、どうも躁狂の原因はかの老酒にあったらしい。老酒は老酒でも、ふつうの老酒ではなかったらしい。笑い茸《だけ》か何かのエキスを混ぜてあったんじゃないか、と僕は今でも考えているのですが、もしそうだとすれば、僕らはうまうまと陳さんのハメ手に引っかかったわけです。すっかり陽気を発した僕ら二人は、下手糞《へたくそ》な浪曲をうなってみたり、立ち上って孫伍風の拳法の型の真似をしたり、わいわい騒いでいるうちに、陳さんがポケットからやおら書類のようなものを取出した。不破に関する書類だけれども、一応目を通して、もし賛成ならば署名と拇印《ぼいん》を押して呉れと言う。僕らはすっかり浮かれていたものですから、不破に関しては陳さんは最大の被害者だし、言わば被害者の総代みたいなものだから、万事陳さんにお任せすると、ろくに書類も見ず、即座に唯々諾々《いいだくだく》と署名し拇印を押しました。これひとえにかの特別製老酒のなせるわざです。ほんとに注意すべきことですねえ。陳さんはその書類を満足げに受取り、内ポケットにしまい込むと、掌をぽんぽんと叩きました。するとし階下から給仕の足音がして、上って来たのは糖醋鯉魚《タンツーリーギョ》です。これがすなわち料理のコースの止《と》めで、僕らはそれをむさぼり食い、最後の乾盃をしておいとまするころになりました。外に出ても心が浮き浮きして、鳩の街にでも行こうかと僕が誘ったが、野呂はイヤだと言う。かりそめにも自分は先生と呼ばれる身分であるからして、そんな不倫の巷におもむくわけにはいかない、そう野呂は言うのですが、やはり金を使うのが惜しかったんじゃないでしょうか。

「お互いに若い清純な芸術家なんだから、まっすぐ家に帰ろうよ」

そこで僕も鳩の街はあきらめて、小型タクシーに乗って、まっすぐ代田橋に戻って来ました。このまま眠るのは惜しいような夜でしたが、二人とも台所で歯をみがき、肝臓薬を五粒ずつ服《の》んで、東西両室にわかれてグウグウ眠ってしまいました。

さて、翌朝目が覚めたのが午前六時半です。宿酔《ふつかよい》の気味もなく、頭はさっぱりして、さっぱりというよりポカンと空虚になっていて、狐でもおちたような気分でした。台所に行くと野呂はもう起きていて、がばがばと顔を洗っておりました。

「おはよう」

「やあ、おはよう」

「さっぱりした気分だね」

「うん。まるで頭がバカになったようだ」

「昨夜は愉《たの》しかったね。陳さんってとても好い人だなあ」

「そうだねえ。それに料理が旨《うま》かったよ。毎日あんな旨いものが食えるといいねえ」

「老酒《ラオチュウ》もおいしかった。でも、ちょっとへんな酔い方をしたようだったねえ」

「そうだ。僕も今それを変に思っていたところだ」

「酔っぱらった揚句《あげく》に、書類か何かに捺印《なついん》署名したっけねえ」

「あっ、そうだ。あれは何の書類だったんだろう」

「僕も今思い出そうとするんだが、どうしても思い出せないんだ」

「ふしぎだねえ。やっぱり老酒のせいかな。そう言えばあの老酒は、ちょっと茗荷《みょうが》のにおいがしたようだ」

そして二人はあれこれと考えてみましたが、どうしても思い出せない。そこで仕方なく二人は顔を見合わせて、ハッハッハアと笑い合ったのですが、外国の諺に、最後に笑うものがもっともよく笑う、というのがあるそうですねえ。どうも僕ら二人は最初に笑い過ぎた傾向がある。と言うのは、それから三日目の夕方のことです。コンニチハという声と共に、一人の若者が跫音も立てずスイスイと庭に入って参りました。見るとあの孫伍風です。

「やあ、いらっしゃい。先日は御馳走さまでした。何か御用ですか?」

「今月の家賃、いただきに、来たヨ」

した。孫は平然たる表情で言いました。

「え。家貸?」

僕がびっくりしたような声を出したものだから、野呂も西室からごそごそと首を出しま
「そう。家賃よ」

「家賃って、誰にはらうんですか」

「誰にって、あんた、陳大人によ」

「そりゃ無茶ですよ。孫さん」と野呂が半身乗り出して口を入れました。「だってこの家は不破氏のものでしょ。陳さんに僕らが家賃払うわけがないよ」

「この家、陳大人が、押えた。早く家賃払うよろし」

「押えたって、孫さん」僕は笑いながら孫をたしなめました。「僕らの同意もないのに、そんなことは出来ませんよ。さては陳さん何かかん違いをしてるな」

「同意したではないか」

孫伍風は多少むっとしたらしく、眼をキラリと光らせました。見ると両方の手がもう半分ぐらい拳固の形になっています。先日の手練のほどを思い出して、僕はすこし気持がひるみましたが、それでもなお元気を出して、

「僕らがいつそんな同意をしました?」

「あの晩、ちゃんと、拇印を押したでないか。ずうずうしいぞ」

僕と野呂は同時にアッと叫び、顔を見合わせました。

「今月の家賃四千円、すぐさま払うよろし。払えなければトットと出て行くよろし」

そして孫伍風は拳固をピッタリと構え、じりじりと板の間に近づいて来る。たどたどしい日本語がかえって凄味をそえました。

「払うか、払わないか、一体どっちよ！」

「払うよ。払いますよ」

ついに僕は悲鳴に似た声を出した。そしてあわてて部屋にかけこみ、財布の中から千円札四枚をとり出して、孫に手渡しました。すると孫はにやりと笑ってポケットから賃貸借通帳を取出し、それにぽんと印を捺《お》してこちらに寄越《よこ》した。それを見ると家の借り手は、僕と野呂の二人の連名になっています。野呂も孫の気魄《きはく》に圧倒されたのか、若干あおざめていました。孫は入って来た時と同じように、全然跫音を立てず、スイスイと庭を出て行きました。跫音を立てないのも、修練のひとつなのでしょう。

「バカにしてやがる」

と僕は呟きました。陳の横暴もさることながら、うかうかと捺印したマヌケな自己に対する嫌悪。それにもう一人この家に野呂というマヌケがいる、そのことのうとましさで、僕は腹の中が真黒になったような気がしたのです。野呂も同じ思いだと見えて、唇を嚙んで僕をにらんでいる。その野呂に僕はつけつけと言ってやりました。

「さあ。これでお互いが極め付きのマヌケだということが、はっきり判っただろ。家賃の割前二千円、早く出せよ」

「イヤだよ。君が勝手に払ったんじゃないか」と野呂は口をとがらせました。

「なに。払わない。じゃ払わなくてもよろしい。その代り君はこの家の借り手じゃなくなるぞ。君は僕の居候だ！」

「居候？　居候でも結構だ」

「断っておくが、家主は居候を何時でも追い出す権利があるんだぞ。出て行かなきゃ刑事を連れて来るだけだ。そうすれば家宅侵入罪でひっくくられるぞ！」

「そんな滅法なことがあるもんか」

三十分間もそんな言い合いをしたでしょうか。いくら横車を押そうとしても、野呂自身も捺印したことだし、少しずつ自分の非を認めて折れてきました。そして結局四千円のうち千八百円を野呂が持ち、僕は二千二百円ということになりました。どうしてこんなことになったかと言うと、野呂の部屋は西側だから西日が射す。部屋の条件として四百円がた悪いというのが野呂の主張で、その主張を僕が吞んだわけですな。それも初めは八百円がた悪いと言い張るのを、やっとのことで半分に値切ったわけです。野呂にかかっては夕日ですら金銭に換算される。こういう男と今後同居して行かねばならない。それを思うとほんとに情なくなって、全く涙が出そうな気分でしたな。

で、またその夜も酒になった。しょっちゅう酒ばかり飲んでいるようですが、我々虐《しいた》げられたる者は、虐げられたる苦しみをごまかすために、酒でも飲まなきゃやりきれないのです。この夜の酒宴は、今後の対策の協議という名目だったのですが、ろくに結論も出ずに終った。警察に訴えようかという案も出たけれど、うかうかと捺印してしまったことだし、相手はすでに差押え処分か何かを完了しているに違いないし、しかも第三国人のことだし、憎まれると大変なことになりそうだというわけで、それはお流れになりました。弁護士に相談する案もありましたが、これは野呂のケチンボ根性でぜんぜん駄目。そのうちにまた野呂の泣き上戸が始まって、れいの如く、神も仏もないものかと泣きわめく始末で、九時頃には大叫喚裡《り》にこのヤケッパチの酒宴は終りを告げました。

そして十日過ぎ、半月過ぎても、不破夫妻はとうとう戻ってきませんでした。

こういう具合にして僕らの奇妙な同居生活は始まったのです。

野呂は毎朝六時に起き、学校に行き、午後四時にはキチンと戻ってくる。僕とは違ってなかなか几帳面な生活でした。僕なんか面倒くさがり屋だから、自炊と外食をチャンポンにしていますが、野呂は自炊の一点ばりです。近いうちに田舎から老母を呼んで一緒に暮そうと思うがどうだろう。そう一度彼は僕に相談を持ちかけたので、いいだろうと答えておいたのですが、後で考えるとそれは、老母が一人ふえても家賃の割前はそのままだぞ、という意味だったらしいのです。とにかく彼は営々として倹約し、削れるところは少しでも削り、それをどしどし貯金の方に廻しているらしい気配がある。食事についてもそうです。彼は夕方や日曜を利用して、庭木を勝手に引き抜いて、そのあとにせっせと畠をたがやし始めた。初め僕はそれを黙って見ていたが、その畠の領域が見る見る庭全体に拡張しそうになって来たので、あわててそれを差止めました。野呂はれいによって、どんな権利で差止めるのかと文句を言ったが、結局は庭の半分だけを使用するという事に落着きました。そしてどこから持って来たのか、垣根のところにへんな灌木を何本もさし木をした。何の木だねと聞くと、枸杞《くこ》だと言う。彼の言によると絶大と言ってもいいほど栄養のある植物だそうで、彼はそれをオヒタシにしたり、飯にたきこんだり、乾かしてお茶みたいにして飲んでいます。いつかそのクコ茶を馳走になったが、あまり旨いものではなかったようです。一体に野呂の食事は禅坊主のそれに似ていて、質素極まるものです。最低の栄養さえ摂《と》ればいいという具合なのです。ところがある夜食で、彼があまりにも質素なものを

食べていたので、

「も少し脂肪分でも摂ったらどうだね」

とからかったところ、彼は憤然として、自分のこの食生活は、かのゲイロード・ハウザー博士の所論にヒントを得て、自分流に考案した日本式栄養食なのだとタンカを切りました。

「僕はこれでも信念を持ってやっているんだぞ。君如きは知るまいが、脂肪は人類の大敵だっ！」

ところがこの野呂が、あの日タロコ亭の中華料理を、旨い旨いとむさぼり食ったんですから笑わせます。信念もクソもない、ただの経済食に過ぎません。つまり単純なケチンボ精神から出たものなのです。

畠のことだってそうです。野呂はその二十坪余りの畠にさまざまな野菜を栽培しましたが、素人菜園にしてはかなり上成績で、彼は毎日それを摘んでは食べている。結構これで八百屋の厄介にはならずに済んでいるらしいのです。ある朝、僕は味噌汁をつくろうと思い立ったが、中に入れる実がない。そこで野呂に呼びかけて、菜園のツマミ菜をひと摑み分けて欲しいと頼んだのです。野呂は快諾して、すぐに分けてくれました。そこまではよかったけれども、その夕方彼はツマミ菜の代金を請求してきた。それは市価の三倍ぐらいの法外な値段でした。僕はすっかり呆れて嘆息しました。

「実に高いなあ。いくらなんでも少し高過ぎやしないか」

「高くはないよ。これが普通だよ」

「そんなことはないよ。八百屋ではこれの三分の一の値段で売ってるよ」

「八百屋のと僕のとは違う」野呂はキッパリ言いました。「第一に、八百屋のより僕の方がはるかに新鮮だ。第二にうちのは人肥を使ってないから蛔虫《かいちゅう》の憂いがない。第三に君は八百屋に行く手数がはぶけたじゃないか。理由が三つもあれば、値段も自《おのずか》ら三倍ぐらいになるのは当然じゃなかろうか」

こういう野呂の論理には抗するすべはないので、渋々僕は代金を払った。それ以後野呂から僕は一切野菜を買いません。何かというとすぐ暴利をむさぼるから、ほんとにうんざりするのです。

画塾のことだって同じです。前に申し上げたように募集のポスターを貼ったら、なかなかの盛況で、小学生が四十人ほど集まって来ました。日曜の午前中をそれにあて、僕が画の講習ならびに指導にあたる。月謝は三百円で、つまり一万二千円ほどになります。これが僕の生活を支える有力な財源なのですが、野呂のやつがこれに目をつけた。

日曜日はすなわち野呂も休みで家にいるわけですが、その午前中いっぱい、板の間または庭に生徒があふれて、てんでに画板をもって写生をする。小学生のことですから、静かに描くということができません。ガヤガヤザワザワとおしゃべりはするし、中には歌をうたい出す子もいる。あまりガミガミ叱ると、次から通って来ないおそれがあるから、つい僕も手控えるのです。そこに野呂が目をつけて、日曜日の午前は自分の小説修業には大切な時間である、その大切な時間にピーチクパーチク騒がれては何も出来はしない、一体どうしてくれるというのです。野呂が小説修業を実際してるのかどうか、タロコ亭でもてないものだから出鱈目の放言をしたんじゃないか、と僕は今でも疑っているのですが、とにかく彼はそう頑強に言い張る。

「勉強出来ないだけじゃなく、台所や便所に行きたいと思っても、ウジャウジャ子供がいて、ろくに行けもしないじゃないか」

「じゃ、一体どうすればいいんだ」と僕も開き直りました。「画塾を止めろとでも言うのか」

「いや、きっぱり止めろとは言わないが――」と野呂は多少妥協の色を見せた。「僕に損害をかけた賠償として、上りの二割ぐらいは寄越してもよかろうじゃないか。僕だってその時間は全然つぶれてるんだ」

「君は自分の時間まで金に換算するのか」

「そうだよ。時は金なりと諺にもある。これが近代的合理精神というもんだ。大体君はわがまま過ぎるぞ。板の間は共同使用だという約束なのに、僕を無視して金儲けのために独占使用してるじゃないか。僕はほんとに君の身勝手には呆れ果てているんだ」

どちらが身勝手かと腹が立って、勝手にしろと怒鳴ってやりたかったのですが、もし呉れなきゃ真裸になって女生徒の前をウロウロするぞ、などと言い出してきた。自分の家で全裸になる分には、誰からもとがめられる筋合いはないとの言い分です。この男だったらやりかねないことだし、そうなれば生徒は皆次回から通って来なくなるでしょう。僕の顎《あご》はたちまち干上ってしまいます。そこで僕は涙を呑んで野呂の言い分をいれた。額だけは一割に値切ったが、それでも千二百円ということになります。忿懣《ふんまん》を胸に蔵して僕は月末毎に千二百円を手渡すのです。

しかし今考えると、これらは単に野呂のケチンボ根性からだけではなく、僕に対する嫌がらせの意味も充分にふくまれていたらしい。そう僕は思います。すなわち野呂は不破から家を買うために手付けを置いた。手付けを置いた以上は、この家の権利は自分にある。ところが僕の方は初めから間借人である。そういう心理からどうしても彼はぬけられないし、また頑強にぬけ出そうとしないのです。だから彼は心の奥底では、僕を間借人または居候視していて、嫌がらせすることによって僕を追い出そうと試みているのではなかろうか。どうもそんな風《ふう》に思われます。僕の側からすれば両人とも四万円ずつ出したのだから、家に関しては同等の権利を持つべきだと思うのですが、野呂はそう考えたくないらしい。それに彼は一軒の独立家屋を所有することに異常な熱意を示しており、時々そういうことを僕に洩《も》らしたこともあります。一軒の家を自分のものにして、田舎から老母を呼び、そして適当な相手を見付けて結婚したい。それが彼の小市民的な理想なのに、不破、陳の両人からしてやられ、しかも僕という男と同居の羽目に立ち到った。それが腹が立ってたまらないらしいのです。その忿懣はほんとは自分に対して向けられるべきなのに、当面の僕にぶっつかって来るというのが真相らしい。しかしそれで黙って引き下っていては僕の立つ瀬はないじゃありませんか。

またこんなこともありました。ある日の夕方僕が板の間で画を描いていると、折しも学校から戻ってきた野呂がにこにこしながら、いいものがあるよ、と僕に一枚の小さな板チョコレートをつきつけました。野呂にしては珍らしいことですが、念のために訊ねてみました。

「うまそうなチョコレートだが、一体いくらだね？」

「売り物じゃないよ」野呂は瞬間イヤな顔をしました。

「今日学校出入りの商人から貰ったんだ。食べたきゃ上げるよ」

「へえ。君にしてはずいぶん気前がいいんだね。じゃ、いただこうか」

「どうぞ。君は近頃顔色が悪いから、こんなもんでも食べた方がいいんだよ」

板チョコを食べて血色が良くなるなんて、とんまなことを言ってるなと思ったが、そのまま有難く頂戴して食べました。割に旨いチョコレートでした。むしゃむしゃ食べている僕を、野呂は慈善者の微笑をもってしずかに眺めていました。野呂が柄にもなくこんな微笑をうかべると、まったく嫌らしい感じです。

さてその翌日です。学校から帰宅して来た野呂が、真面目くさった表情で僕に訊ねて来ました。

「どうだい。出たかね？」

「え。何が？」と僕は反問した。

「じゃ、まだ出ないんだな」と野呂は仔細らしく合点《がてん》々々しました。

「それならそれでもいいんだ」

「一体どうしたんだね。奥歯にものの挾まったような言い方をして――」

「いいんだよ。何でもないことだよ」

そして野呂はにやりと嫌らしく笑いました。それから翌日になり、昼間僕が便所に入っていると、どうも尻のあたりの感じがおかしい。汚ない話で恐れ入りますが、手をやってみると、何かマカロニ状のものがぶらんと尻からぶら下っているんです。びっくりしましたねえ。僕はしゃがんだまま十センチばかり飛び上った。

ここらはくわしく話すのもなんですから、簡略に申し上げますが、つまり僕の体内から蛔虫が出て来たんですな。それも一匹ではなく、大小取りまぜて数匹。すっかり排出し終って、半ば気味悪く半ばさっぱりして便所から出て来た時、僕は卒然として昨日の野呂の言葉を思い出した。あいつ変なことを言っておったが、何かやったんじゃないか。そこで僕はそっと野呂の部屋に忍び入り、机上を見ると小さく平たい紙の外被が乗っている。その表の『虫下しチョコレート』という印刷文字を見た時、とたんに僕はむらむらと逆上しましたよ。その箱を裏返して見ますと、『このチョコレートは日本薬局方サントニン〇・〇五瓦海人草及び石榴皮《ざくろひ》を主剤とし外に各種の栄養剤を配合しその相乗作用により』云々《うんぬん》と効能書が印刷してある。僕は怒髪天をつき、その空箱をはっしと壁に投げつけました。学校出入りの薬屋か何かが売込みに来たのを、効くか効かないか、僕を実験台にして使ってみたのでしょう。立腹の余り、僕はもう画業に手がつかず、庭に出てエイエイと少林拳法の真似ごとなどしている中に夕方になりました。戻って来た野呂に、僕はいきなり怒声をあびせかけました。

「一昨日僕に食わしたのは、虫下しチョコレートだったんだな！」

はげしい僕の剣幕に、野呂はびっくりして気を呑まれたようでした。

「そ、その通りだよ」

「一体君はそんなことをしてもいいと思ってるのか。あんまり人をなめるなよ」

「だって――」野呂も懸命に弁解しました。「虫が出たんだろ。虫が出たんなら、結果としては、君の幸福になったわけじゃないか」

「幸福とか不幸とかに、これは全然関係ない！」と僕は怒鳴った。「君は僕の意志をふみにじっている。基本的人権の問題だ」

「じゃ君は、体内に蛔虫を飼っておきたいとでも言うのか」

「そんな質問に答える必要は認めない。とにかく僕を元の状態にしてかえせ」

「だって君の顔色が悪いし、疲れてるようだったから、蛔虫の駆除を――」

「そんな言い分が通るんだったら、僕は君が眠ってる時に、安全カミソリの刃で、君の疣を全部削り落すぞ！」

野呂はとたんに真赤になって、顎の疣に掌をあてました。ははあ、イボのことを言われるとこの男は反応を起すんだな。そう僕は思った。野呂の声は急に押しつぶされたようになりました。

「じゃ、どうすりゃいいんだい。元の身体にしてかえせって――」

そこで僕は怒りを静めあれこれ考えた揚句、向う一箇月毎日レタスを一株僕に提供すること、それも野呂菜園のは虫の卵がないから八百屋より買い求めること、その条件で許すことにしました。野呂はしきりに一箇月を半月に値切って来たが、僕は頑として受けつけなかった。こうしてこの件は一応僕の言い分が通った形ですが、実際に八百屋のレタスを食べたのは、十日ぐらいなものです。経済的に毎日毎日レタスを贖《あがな》うことの非を悟った野呂は、ついに野呂菜園のレタスに人肥を使い始めたのです。勿論それを僕に食べさせようという魂胆からです。しかもその人肥は、我が家のそれであって、野呂の言によるとこれには卵が確実に多量に含有していると言う。それは確実に含有しているでしょうが、自分のハイセツ物をかぶって汚染したレタスを食べることは、流石《さすが》の僕も感覚において忍びず、仮釈放という形で以後のレタスの提供は免じてやりました。しかし野呂の側からしても、賠償義務は免除されはしたものの、自分の菜園のレタスが卵持ちになったわけですから、大したトクにはならなかったでしょう。

まあこういう具合にして、僕らの気持は一事件毎に、少しずつこじれて来た。入居の当初、お互いに理想的同居人たるべく努力しようと盟《ちか》い合ったことなど、もはや夢の中の出来事のようです。もう野呂の顔を見ただけでも、闘争心みたいなものが湧き起ってくるような気がするのです。しかし闘争心だの憎悪だのというものは、ある意味で人間の日常を、すがすがしくまた生き生きとさせるものですな。野呂の側にしても同じことでしょう。僕にはその頃から自分の毎日々々が、むしろぎっしりと充実して来るようにも感じられて来ました。

そして僕の所属する絵画団体の展覧会がだんだんと近付いて来た。僕はあれこれと題材に迷った揚句、ついに野呂の顔をテーマにして制作を開始したのです。しかしやはり芸術というものは、憎悪を基調としては成立出来にくいようですな。それでも根気よく塗り直し塗り直しししているうちに、画面の野呂の顔がしだいにふやけて、妙な抽象体みたいな面白い形になってきたのです。そうすればもうしめたものですから、僕も大いに張り切って制作をつづけて行きました。陳根頑から重大な速達が来たのは、丁度その頃のことです。

ある土曜日の午後、僕は画布を前にして、レモンイエローの効果に苦心惨憺《さんたん》していますと、速達、という声がして、一通の手紙がヒラリと舞い込みました。裏を返すと、渋谷・陳根頑と記してある。宛名は僕と野呂の連名です。急いで開封して見ますと、これが達筆の候文です。候文が書けるなんて、器用な台湾人もあればあったものですが、その内容がまた僕を驚かせた。この家を売却したいというのです。

候文ですから感情が露骨でなく、紋切型の文体ですが、その要旨は、この家を売却したい意向を陳は持っている、売価は事情が事情であるから十万円とする、向う三十日以内に支払って貰いたい、もし支払い能力がなければ立退《たちの》きを要求する、但し立退き費として一人宛一万円程度を支払う、以上のようなことです。僕は愕然とし、また茫然として部屋中をぐるぐる歩き廻った。また新しい災厄がふりかかって来たわけです。手紙の末尾には、家の買い手は僕ら二人でもいいし、どちらかの一人でもいいと書いてある。ぐるぐる歩き廻りながら僕は考えました。野呂の奴もこれにはビックリするだろう。また今夜あたりあいつは、神も仏もないものかと泣きわめくだろうな。

ところが夕方、戻って来た野呂に速達を見せたのですが、期待に反して別にわめきもせず、髪をかきむしることもしない。割に平然とそれを読み終って言いました。

「そうか。そんなことか。じゃあ僕が買うことにしよう」

その一言がぐっと僕のカンにさわった。

「買うことにしようって、何もこの手紙は君一人宛てに来たんじゃないんだぜ」

「そりゃそうだよ。でも君は初めから間借人なんだから、家を買う気持はないんだろ？」

「間借人は不破数馬に対してだ。僕は君から部屋を借りてる覚えはない。第一手紙を読んだとたんに、僕が買いましょうなんて、身勝手もはなはだしいじゃないか。いいか。手紙は二人宛てに来たんだぜ。二人で相談し合うのが当然だ」

「相談するって、何を？」

「先ず手紙の内容だよ。ずいぶんこちらをなめた話じゃないか。一方的に売却を宣言するなんてさ」

「そうかねえ。僕はそう思わないがねえ」

「買わなきゃ立退き料が一万円だとさ。バカにしてるとは思わないか」

「思わないねえ。だって立退くんじゃなくて、買うんだもの」

「ほんとに君は慾張りで身勝手のくせに蒙昧《もうまい》な男だなあ。だからバカにされるんだよ」

「誰が僕をバカにした？」

「陳だってそうさ。それに不破だって――」

「なに。不破がいつ僕をバカにした？」

「バカにしてるさ。あたりまえじゃないか。不破の置手紙を見せてやろうか」

　僕は僕の机にしまっていた不破数馬の置手紙を出してつきつけてやりました。失踪の朝飯盒《はんごう》の上に乗せてあった『野呂君と仲良くしてやって呉れ給え。彼はしんからの好人物であります』という紙片です。野呂はそれを読み終って、きょとんとした顔で僕を見ました。

「これのどこがバカにしてるんだ」

「判らないのか。じれったいなあ。その好人物というところさ」

「こりゃ賞めてるんじゃないか」と野呂はむずむずと頬をゆるめてニコニコ顔になりました。「好人物というからには、良好な人間という意味だろ。すなわち人間として僕を優秀だと賞讃しているわけだよ。何だな。君はそのことにおいて僕をそねんでるんだな」

「まさか」

僕は呆れて二の句がつげなかった。こんな鈍感な男が小説家志望だなんて、もう世も末ですな。

「それにこれには、僕と仲良くしろと書いてあるのに、君は僕につっかかってばかりいるじゃないか。すこしは反省したらどうだ」

「僕だって別につっかかりたくはないよ。僕らは被害者同士なんだから、仲良く団結していことに当らなきゃいけない。そう思ってる。そう思ってるがだ、君があまりにも身勝手で、ワカラズヤだから――」

「なに。ワカラズヤだと?」野呂はすこし顔色を変えました。「僕のどこがワカラズヤだ。陳さんが売ろうというから、買おうと言うまでじゃないか。ちゃんと筋道は通ってるぞ」

「何を言ってる。じゃあ僕だって買う資格があるんだ」

「そりゃ君にも資格はあるだろう。しかし資格があっても、買えるとは限らないさ」

そして野呂はにやりと笑って、人差指と親指で丸い形をこさえました。「先立つものがないとねえ」

　その嫌らしい笑い方が僕を激怒させた。こんりんざいこの家を野呂だけに所有させてやるものか。全力をつくして妨害してやる。そういう決心がむらむらと胸中に結実したのも当然でしょう。僕は叩きつけるように言った。

「金ならいくらでも都合する。何だい、たかが十万円ぽっち」

　すると野呂は少し狼狽したようでした。僕を怒らせてはまずいと、とっさに考えたのでしょう。とたんに妥協的な態度になって、もし自分に買う権利を譲って呉れるなら、立退き料を充分に出そう、などと言い出して来ました。しかし僕はもう意地になっていたから頑として承諾しない。すると野呂は困り果てたらしく、哀願的にさえなってきました。

「ねえ。エッフェル塔から飛び降りるような気持で言うが、立退き料を四万まで出そう。四万だよ」

「イヤだ」

「四万あれば君は元が取れるじゃないか。しかもその金で他のいい部屋に引越せる。そうだろ。すこしは損得を考えてみたらどうだ」

「イヤだ」

　四万円貰って立退けば、こんな身勝手なワカラズヤと同居しないで済む。そう思って、よほど首を縦にふろうかと考えたのですが、イヤここが我慢のしどころだと頑張った。人間の意地なんて奇妙なものですな。すると四万円が野呂の譲歩の限度だったと見え、彼はにわかにかたちをあらため、妥協の態度をかなぐり捨てました。

「じゃあ一体どうするというんだ」

「ハッキリ言っておくが、僕らはこの家に関する限り、現在半分ずつの権利を持っている。だから買うにしても、半分ずつ出し合って買うんだ。それがイヤなら君が出て行け。それ以外の如何なる方法をも僕は拒否する！」

野呂の顔色がサッと変りましたな。憎しみの色が見る見る眼にあふれて、キッと僕をにらみつけました。

「じゃ、よし。明日は日曜で郵便局が休みだし、明後日の月曜の夜、僕は陳さんに会いに行く。君も同行したけりゃそれまでに五万円調達しろ。調達出来なきゃ、権利を一切放棄したものと認めるが、それでいいか」

「合点だ！」

僕も騎虎のいきおいで、雲助のような言葉で承諾しました。そしてお互いにプンプン怒りながら、西東の部屋にそれぞれわかれて引込みました。

さて翌日の日曜日です。僕は朝早く起き出て、急いで朝飯を食い、それから東京中を飛び廻って、あらゆる先輩知己を訪問し、借りられるだけの金を借りて廻った。昼飯も抜いてかけ廻り、夕方がっくりした気持で新宿の外食券食堂でメシを食いながら、借り集めた金を勘定してみると、約四万円です。あと一万円足りない。メシを食い終えて直ちに中央線に乗り、八王子にすっ飛んだ、あとの頼みはオヤジばかりです。運よくオヤジは在宅していました。僕はその前に両手をつき、日頃の不孝を詫び、一万円貸して欲しいと頼み込みました。今日中に一万円つくらねば僕の男が立たないのだと、はらはらと落涙にまで及んだものですから、オヤジはびっくりして手提《てさげ》金庫の中から千円札十枚を取出して、僕に渡してくれました。ほんとに無意味な意地っぱりのために、実のオヤジにまで苦労をかけました。こうしてやっと五万円を調達することができたのです。

月曜日の夕方、学校から帰って来た野呂は僕の部屋をのぞいて、つめたい声で言いました。

「タロコ亭に一緒に行くか」

「行くよ」

僕もむっくり起き直って、無愛想に答えました。急いで身支度をととのえて、肩を並べて表に出た。両者とも終始黙々として、タロコ亭につくまで一言も口をきき合いませんでした。すでに戦いは冷戦の様相を呈し始めて来たのです。

陳根頑は調理場の片すみの椅子に腰をおろして、莨《たばこ》を喫《す》っておりましたが、僕らの姿を見るとにこにこ立ち上って、先日と同じく二階に招じ上げました。席につくや否や野呂は、金を持って来たから家を売って欲しい、と切り出しました。すると陳は瞬間ですがちょっと意外そうな表情をしました。僕の推察では、陳はそんなにカンタンに金を持って来るとは思わず、おそらくこの件では一悶着を予想していたのでしょう。しかし陳は直ぐににこにこした笑顔に戻って、

「そうですか。それは御苦労さまでです」

というようなあいさつをして掌をたたき、孫伍風を呼んで書類や紙筆の類を持って来させました。おもむろに筆をとりながら、

「じゃあ売渡書を作成しましょう。買い手はあんたら二人ですか」

「そうです」

と僕らは異口同音に答えました。すると陳はじろりと僕ら二人を見くらべ、さらさらと筆を動かしました。売渡書の内容は左の通りです。

売　渡　書

一、住　所　東京都世田谷区大原町×××

一、家の内容　家屋木造平屋十二坪七合五勺
但し右家屋の権利書は現在不破数馬保管の為今後上記権利書に関する一切の問題に関し
ては不破数馬と陳根頑との間に於て解決す
一、金十万円也
年　月　日
東京都渋谷区大和田町×××
陳　根　頑　㊞

そして宛名は僕ら二人の連名になっています。その売渡書を野呂が受取ったものですから、僕はあわてて陳に頼んだ。

「陳さん。僕の分として今のをもう一通作成して下さい」

もう一通つくってもらって、文面を眺めると、権利書はまだ不破数馬が保管しているではありませんか。そこでその点について発言しようとすると、陳は掌をひらひらさせて僕を制して、

「不破のことなら大丈夫です。もし上京して来たら、あいつはたちまちひっくくられる。万事わたしに任せて置きなさい」

そして胸をどんと叩きました。そこで僕らは各自のポケットから五万円ずつ取出して、陳の前に置きました。陳はにこにこしながらそれをしまい込み、ぽんぽんと掌を打ち合わせました。すると孫伍風が丼を二つ持って階段をのぼって来ました。それを一つずつ僕らの前に置いたので、見るとただのラーメンです。支那竹と小さい海苔だけしか入ってない、一番安い三十円か四十円のやつでした。前回の豪華版にくらべて、何とまあ待遇が下落したものでしょうねえ。僕らが思わず顔を見合わせると、陳が猫撫で声で言いました。

「さあ。あったかいうちにお食べ」

僕らは箸をとり、卓の粉胡椒《こなこしょう》をやけくそな勢いでふりかけ、もぐもぐと食べ始めました。野呂なんかは胡椒をあんまりかけ過ぎて、それが鼻孔に入ったらしく、大きなくしゃみを五つ六つ続けさまに出したくらいです。陳根頑は椅子により、僕らが食べている有様を、眼を細めた老獪《ろうかい》な表情でじっと眺めていました。僕はまるで夕飯のお余りを頂戴する犬か何かのような惨《みじ》めな気持になって箸を動かしつづけました。


この日以来、僕ら二人は同じ家に住みながら、ほとんど口をきき合わなくなりました。生活上必要な最少の会話しか交さない。つまり会話は用事がある場合だけに限り、お早うとかおやすみのあいさつも一切省略です。野呂は毎日学校に通い、僕は僕で借財のためのアルバイトに大童でした。実際家は買ったものの、まだ一向に自分の家だという実感がない。家賃を払わなくても済む、以前と違う点はそのくらいなもので、あとはほとんど変らないのです。もっとも野呂の方は、新しく犬と猫を一匹ずつ飼い始めました。訊ねてみないから判らないけれど、野呂のことですから、ムダに飼うわけがありません。おそらく犬は家屋の番をさせるつもりでしょうし、猫には鼠をとる任務が課されているに違いありません。そうだとすれば野呂は僕とちがって、これは自分の家であると実感が、はっきりと出て来たのでしょう。そう言えば彼の立居ふるまいも、以前から見るとやや重々しくなり、いかにも家主的風格を帯びて来たようでした。

それから家賃については、僕が二千二百円、野呂が千八百円、その差の四百円は西日代というわけでしたから、野呂式論理によれば、廃止後も四百円を僕から請求できる筈だのに、何とも言って来ないのです。そのくせ、れいの日曜日の月謝の一割のテラ銭はちゃんと取立てているのですから、きっと忘れているのでしょう。あのチャッカリ屋にしては珍らしいことです。もっともまだ夏ではないから、今のところ西日代というのも可笑《おか》しな話ですが。

それからもう一つ、僕らの家になって変った点は、税務署の固定資産係から督促状が舞い込み、また徴収員がやって来るようになったことです。徴収員がやって来るのは大てい平日の昼間のことですから、野呂は不在で、自然に僕だけが応対に出ることになる。徴収員は鼻の赤い四十前後の男で、その男の説明によれば、不破時代のが三期分たまっているし、陳根頑は全然の未払い、だからそれらの全部を払って呉れというのですが、もちろんこの家屋の名義人は不破数馬になっている。不破の名前で僕らが払うのは、どうも変な気がするので、僕が徴収員にそう言うと、人の好さそうなその徴収員は困ったような表情で、はあそれも一理ですな、とすたすたと戻って行く。その恬淡《てんたん》にして公僕的たること、戦後税務吏員の中では異例に属し、表彰したいくらいの人物でした。しかし督促がある度に、義務としてそのことを僕は野呂に伝える。すると野呂は、そうかい、と言うだけであとは何も言いません。出すものは舌を出すんだって嫌がる男ですから、固定資産税なんか飛んでもないと考えているのでしょう。

こうして一つ家を二人で所有し合って以来、お互いにあまり口をきかなくなったが、それはお互いに無関心になったことかと言うと、飛んでもない、全然その反対なのです。表面上相手を黙殺するような態度をとり、生活の干渉を一切避けているように見えますが、内心はピリピリして、相手の一挙一動に神経をとがらせている。それはそうでしょう。家が僕らにぶら下る重みは、以前より大幅に増している。野呂は未だこの家を独占しようとの欲望は捨てていないに決っているし、すきあらば僕の弱点をつかもうとねらっているでしょう。そういう野呂に対して、僕も細心の注意を払わざるを得ないのです。毎日の日常がピリピリと緊張して、そのことがむしろ生甲斐《がい》を感じさせるほどでした。放って置けない相手が同じ屋根の下にいることは、実際張り合いがあるものですねえ。

その間の心理は野呂にも同じらしい。画にはあまり趣味を持たない彼が、僕の出品した展覧会をそっと見に行ったというのも、そんなことらしいのです。一体あいつがどんな画を描いたのかと、放って置けなかったのでしょう。それで黙っておれば僕に知られないでも済んだのだが、野呂には黙っておられない事情がありました。ある日戻って来た野呂が、庭で草むしりをしていた僕に、いきなり食いつくような勢いでどなりました。

「君は僕を侮辱したな!」

「侮辱なんかしないよ」と僕もわけが判らないまま身構えました。「僕が君を侮辱するわけがない」

「侮辱した!」野呂は板の間でいきり立ちました。「君は展覧会に〈イボのある風景〉というのを出したじゃないか。あれは俺の顔だろ?」

「飛んでもない」と僕は抗弁しました。「君の顔なんかであるものか。あれはシュールレアリズムの風景画に過ぎん」

「いや、うそを言うな。僕の直感ではあれはたしかに僕の顔だ」

「へえ。合理主義者の君が直感なんてものを信じるのか。バカバカしいや。あれは僕が描いた画だよ。僕が描いたからには、僕が一番よく知っている。そもそもあの画のモチーフなるものは――」

云々と僕が、いろいろ専門語を混ぜて説明し始めたものですから、野呂は口惜しげに黙ってしまいました。野呂にとっては画は専門外ですから、自分の顔だというキメ手が発見できなかったのでしょう。

陳から家の売渡しを受けて、二ヵ月経った頃、すなわち今から一ヵ月ほど前のある日のことです。僕が昼食を済ませて、玄関の手紙受け（これも家が僕らのものになって以後野呂がつくったものですが）をのぞいて見ますと、封書が一通入っています。手にして見ると、宛名人の居住先不明の付箋がついていて、つまり発信人に差戻しの手紙なのですが、その宛名を見て僕はあっと驚いた。なんとその宛名が『不破数馬』で、裏を返すと発信人は野呂旅人です。何かたくらみやがったな、とそれを持って僕は部屋に戻って来た。何を野呂がたくらんだか、封を切って中身を調べれば直ぐに判りますが、そうすれば野呂のことだから信書開封の故で難癖をつけて来るだろうし、追い出しの口実を与えるようなことになるかも知れない。と言って放っておくわけにもいかないし、とつおいつ迷ったが、ついに好奇心の方が勝ちを占めました。警察大学のやり方にならい、湯気をあてでそっと開封する手を思いついたのです。早速お湯を沸かし、その湯気を封にあてていると、やがて糊《のり》がゆるんで来て、難なく開封出来た。胸をわくわくさせて、中身をひっぱり出して見ると、それは一枚の赤罫《あかけい》のペラペラ紙で、内容証明専用の罫紙なのです。それに文字がぎっしり詰まっている。僕は急いで読み始めました。それは次の如き文面です。

『拝啓用件のみ申し上げます。かような手紙を差上げる事情は御推察のことと存じますが、貴殿名義の世田谷区大原町×××番地の家屋につきまして、今般陳根頑氏と協議の結果、陳氏に十万円を手交して、私がその権利を譲り受けることになりました。その際陳氏は〈不破数馬氏は十八万円程自分に借金があり、目下行方不明のためこの家の登記が自分名義に変更できない始末である。しかしこの家に関する一切の問題については不破氏と陳との間において解決す〉との一札を入れて下さいました。そこで十万円を陳氏にお渡ししたのですが、固定資産税支払いの関係もあり、至急当方名義に登記する必要に迫られておりますので、こちらの意のあるところを御諒承下さいまして、登記申請のため此状到着次第印鑑証明をお送り下さいますよう、伏してお願い申し上ぐる次第でございます。なお陳氏は、貴殿が印鑑証明をお送り下されば、それだけにてすべてを水に流すつもりだと、口頭ながら洩《も》らしておられましたことを申し添えます。貴殿の現住所が不明でしたので、とりあえずこの手紙を本籍地宛てにいたしました非礼をお許し下さい。

昭和二十九年×月×日　　野呂旅人㊞』

そしてその欄外には、

『この郵便物は昭和二十九年×月×日第××号書留内容証明郵便物として差出したことを証明します

世田谷郵便局長』

という黒いスタンプがぱんと捺《お》してある。僕は思わずうなりました。なにか手を考えるには違いないと思っていたが、こんな大それたことをたくらんでるとは気がつきませんでしたな。自分で考案したのか、誰からか悪知恵をつけられたのか、名義人の不破とヤミ取引きをして、自分名義の登録をとり、そしてそれをたてにして僕を追い出そうとの方寸でしょう。マヌケな野呂にしてはなかなかの上出来で、あやうくこちらも窮地に立つところでしたが、天は不正に味方したまわず、最後の一瞬にこのたくらみは見破られた。ざまを見ろと快哉《かいさい》を叫びたいところですが、まだ相手は次々とどんな手を打って来るかは判らないのですから、油断はできません。また別の方法で不破の現住所をつきとめ、直接交渉に出るかも知れないのです。それについても、僕がこの手紙を開封したことを野呂に知られるのはまずいし、手紙が戻って来たことも知らないことにした方がいいようだ。そう考えて僕は再びその手紙を封じ、何食わぬ顔で元通り郵便受けに投げ入れ、すぐに外出の支度をととのえました。外出していて差戻しの手紙は見なかったという形にしたのです。

しかし外出してそこらをぶらぶら歩いていると、何だか不破のことが心配になって来て、それでひょいと思いついて、警察署へ足を向けました。この間陳と一緒にやって来た刑事に様子を聞いてみようと思ったのです。受付にたずねてみると、折よくその刑事はいました。陰気な控え室で同僚らしい男と将棋を指しておりました。僕を見忘れていたらしく、不審げに僕を見ましたが、不破数馬の件だと口を切ると、やっと思い出したらしく言いました。

「ああ、そうか。君だったな。不破から何か連絡でもあったかい？」

そこで僕は、イヤ、連絡があったわけではないが、何か不破について情報でもないかと思って伺った、と申しますと、刑事は小首をかたむけて、

「なにも今のところ情報は入らないが、赤穂からまた逃げ出して、今は奄美大島かどこか

に行っているらしい」

との答えでした。遠っ走りするにもこと欠いて、奄美大島とは驚きましたな。もし東京近辺にいるんだったら、僕が直接おもむいて不破に会い、権利書を譲渡して貰って、野呂の鼻をあかしてやろうかとも思っていたのですが、奄美大島じゃあ仕方がありません。そこで刑事にあいさつをして警察の玄関を出ると、そこでパッタリとあの固定資産税係の徴収員と会いました。

「やあ、こんにちは」と僕は人なつかしく呼びかけました。「どうですか、徴収の成績は？」

「どうもこうもありませんや」徴収員はハンカチを出して額の汗をふきました。「デフレでみんな参っちゃってるね。納付状態の悪いことったら」

「集めて廻るのも大変な仕事ですね。まあそこらでビールでも一杯やりますか」

そう誘ってみますと、その赤鼻の徴収員はまんざらでもないらしく、のこのこと僕について参りました。そこで僕はそこらの食堂に彼を案内し、席についてソラ豆とビールを注文しました。午後三時頃のことですから、食堂の客は僕らだけで、あとはがらんとしています。一本のビールを飲み終えて二本目を頼もうとすると、彼はそっと僕の袖を引っぱって言いました。

「実はあたしゃねえ、ビールよりは焼酎の方がいいんだ」

他人から御馳走になるには少しでも高価なものを望むのが人情なのに、安い方を望むとは何という恬淡で奥床しい人柄でしょう。まったく当代まれに見る見上げた税務吏員です。そこで僕も感動して、早速焼酎二杯にオムレツ二つを注文しました。彼は焼酎のコップを舐めながら僕に訊ねました。

「あんたはさっき警察から出て来たようだったが、何か呼出しでも受けたんかね」

「いや。そら、あなたも知ってるでしょう、不破数馬の件でね」

「ああ、あんたの家の名義人だね。それでどうしました。居所が判明しましたか」

と彼は鞄を押えて、ぐっと半身を乗り出して来ました。焼酎は飲んでいても、その服務意識の旺盛さにはすっかり感心しましたが、その時僕はふとこの徴収員にすべての経緯《いきさつ》を打ち明けて、相談してみようかという気になったのです。それはいささかの酔いのせいでもあったが、それと同時にこの人物に対する信頼の念からでもあったのでした。

「実は僕が不破数馬という男と知合いになったのは、こういうきっかけなんですよ」

と僕は、最初の都電の中のスリ事件から、権利金四万の間借りの件、野呂乗り込みの坐り込み、陳根頑、孫伍風のあらまし、そしてその後のいきさつを、出来得る限り正確にくわしく、めんめんと徴収員に打ち明けました。彼は時々相槌《あいづち》を打ったり、質問をはさんだり、コップを口に持って行ったりして、熱心に耳を傾けて呉れました。めんめんとくわしく話したものですから、相当に時間がかかって、そうですな、すっかり話し終えた時には徴収員は四杯目のコップに口をつけていたほどです。

「で、どうしたらいいもんでしょうねえ」

「そうですねえ」徴収員ももう顔全体が鼻と同じ色になっていましたが、やがてきっぱりと、「ひとつだけ有効な手段がありますよ。これ以外にはないだろうなあ」

「手段がありますか。一体どんなのです?」

「それはだねえ」と彼はコップを傾けました。「不破数馬氏が、野呂氏、あるいはその他の第三者に権利をゆずったとする。そうすれば権利は一応ゆずられた人のものになりますな。ところがです。ここに固定資産税が滞納している。そこでそれを払わない限りは、税務署はあの家を差押える権利がある。税金滞納による差押え、そして直ちに競売ですな」

「ははあ」

「だからそこに手段がある。不破が権利書を確かに譲渡したと判ったら、あんたは直ぐあたしに連絡して下さい。そうすればすぐ差押えの手続きを取りますから。差押えられれば、その人の所有の権利は無効になりますな。そこであんたが滞納分の全額さえ支払えば、家はあんたのものになってしまう。ま、そんなわけだ。そんな風《ふう》にとりはからって上げましょう」

「それはどうも有難うございます」と僕は胸をとどろかせて感謝の辞を述べました。「しかしお役所の仕事が、そんなに敏速に、すらすらと行くもんでしょうか?」

「そこが問題です」と彼はちょっと首を傾けました。「運動費として少し金を出せばいいかも知れませんな」

「はあ。いかほどでしょう」

「まあ、主任に二千円かな、係長に三千円、合計五千円も出せばスラスラ行くでしょう。何ならわたしが渡して上げてもいいですよ」

「ほんとですか。それはほんとに有難う。これでたすかった」と僕は安堵の吐息をつきました。「それで、あなたには?」

「わたし? わたしは要らないですよ」とこの高潔な徴収員はにこやかに笑って掌を振りました。「わたしはあんたに対する同情心から、口を利いて上げるだけですわ」

「そうですか。それでは明日にでも、五千円持って税務署に参上します」

「いやいや、飛んでもない。あんたも忙しい身でしょうから、明日の昼頃にでも、こちらから伺いますよ」

「そうですか。重ね重ね御親切な――」

僕は厚く礼を言い、そして伝票をつまみ上げました。時間はもう午後の五時半でした。

それから家に戻って来ると、野呂は台所でじゃぶじゃぶと洗濯をしていましたが、僕の姿を見るなり言いました。

「やあ、お帰り」日頃とちがった調子の良さでしたが、何かムリにつくったような声でした。「どこに行ってたんだね?」

「八王子のオヤジんとこに行って来た」と僕は嘘をつきました。

「家を何時頃出たんだね?」と野呂がさりげなく訊ねてきました。僕はふふんと思ったですな。

「そうだねえ。君が出て一時間ほど経ってだから、八時ちょっと前かな」

「そうかい」

野呂は安心したような声を出し、それっきり黙ってしまいました。あの手紙を見られたかどうか、遠廻しに打診してみたんでしょう。こちらはうまうまと嘘をついて、身をかわしたわけです。それから僕は部屋に戻って、しばらく腹をよじり声を忍んで笑いました。

野呂のやつが不破から権利をゆずり受けると、そのとたんにパタリと差押えが来て、家は僕のものになってしまう。あわてても追っつかない。そのからくりがむしょうに可笑《おか》しかったのです。しかもそのからくりは、僕だけが知っていて、野呂の方は全然何も気付いていない。僕を追い出すつもりで、自分が追い出される方向に進みつつある。笑わざるを得ないではありませんか。

翌日の昼過ぎ、徴収員がひっそりと訪れて参りました。もちろん野呂は学校に行っていて、留守です。僕は先輩知己に戻そうと積立てて置いた金の中から、五千円を引き抜いて徴収員に渡しました。徴収員は赤鼻をピクピクうごめかせ、にんまりと笑いながら、五千円をポケットにしまい、そしてとことこと戻って行きました。

その日から今日まで約一箇月が過ぎたわけですが、まだ局面のはっきりした展開はなく、依然として冷戦の状態がつづき、時に小ぜり合いが起きる程度のありさまです。野呂もまだ不破の現住所を探り当てていないらしい。住民登録の方から探りを入れているらしい気配があるが、目下のところはまだ成功していないようです。野呂は毎日几帳面に学校に通い、その余暇で事をはこぶわけですから、なかなか能率が上らないのでしょう。

小ぜり合いと言えば、先日の大掃除ではすっかり野呂にしてやられました。この界隈の大掃除日は先月の二十五日と区役所から通達があり、その日僕と野呂はそれぞれ自分の部屋の畳をかつぎ出し、庭でポンポンと引っぱたいた。お互いに協力してではなく、ばらばらに孤立してです。しかし四畳半だから大したことはありません。畳をあげたあとは床に新聞紙をしき、DDTをまき、それで畳は庭に乾したまま、ついうっかりと僕が昼飯を食べに出たんです。そして食堂から戻ってくると、もう野呂は畳を自分の部屋に運び入れ、すました顔で莨《たばこ》などをふかしていました。そこで僕もエイエイと畳を自分の部屋にかつぎ込んだが、どうもしっくりと床に入らない。陽光にさらしたので少しふやけたんだろうと、足で踏んだり蹴ったりして、やっとはめこみました。そして野呂のまねをして、部屋のどまん中にあぐらをかいて莨をふかしたが、どうも感じが変なのです。畳の色がへんに赤茶けたように曇っている。ハッと気が付きましたな。僕が昼飯に出ている間に、僕の畳を野呂はそっくり自分の部屋に運び入れ、そのあとに自分の畳を立てかけて置いたに違いありません。野呂の部屋は西側ですから、西日の関係上、僕の部屋のより赤茶けているわけなのです。僕ははらわたが煮えくりかえって、彼方で莨をふかしている野呂に文句つけようと思ったが、じっと辛抱しました。野呂が畳を入れ替えたという物的証拠がなかったからです。現行犯をおさえたと言うならともかく、畳の色だけでは、相手が詭弁の大家の野呂のことですから、水かけ論に終るに決っています。だから浮かしかけた腰を元に戻し、じっと野呂をにらみつけると、野呂はそっぽを向いてにやりと笑いました。憎らしいったらありゃしません。

それから、ネコのこと。ネコというのは野呂が飼っている猫で、名前がネコとつけられているのです。まったく野呂らしい名付け方です。このネコが僕の部屋にのそのそと入って来て、とかくキャンバスに爪を立てたがる困った傾向がある。これはこのネコ生来の性質かと思っていたのですが、よく注意していると、どうもそうではないらしい。キャンバスを見れば条件反射的に爪を立てるような訓練を、野呂がネコにひそかにほどこしているらしいのです。いろんな手を考えては来るものですねえ。帆布でつくったリュックサックを野呂は持っていますが、この間風呂から帰って来て何気なく野呂の部屋をのぞき込むと、彼はその中に猫を入れて、ぎゅうぎゅうしめ上げていたのです。ネコは苦しがって悲鳴を上げながら、その帆布の内側からパリパリと爪を立てていました。僕がのぞいているのに気付くと、野呂はネコに向って、「鼠をもっと取れ。努力が足りないぞ。このやくざネコ！」

と叱声を上げました。これは鼠を取らないためのお仕置と見せかけるためのごまかしなのです。その帆布製リュックサックは、僕がまだ野呂と仲が良かった頃、油絵具を使用して模様を描いてやったやつなのです。鼠をもっと取れだなんて、どうして猫に言葉が判るわけがありましょうか。これひとえにネコに帆布の感触と油絵具のにおいを覚えさせ、その条件さえ与えればすぐ爪を立てるようにと、猛訓練をほどこしているのに違いありません。だからネコは僕の部屋に入ってきて、油絵具を塗ったキャンバスを見ると、もう夢中になって爪を立てるのです。何という卑劣な嫌がらせでしょう。

そこで僕も自衛上余儀なく、新宿のガード下に出かけ、チョンマゲを結った変な爺さんから、竹製の孫の手を三本買い求めて来ました。可憐なる小動物を虐待する気分は毛頭ないのですが、キャンバスに爪を立てられてはこちらも上ったりです。そして僕の部屋にネコが入ってくると、間髪を入れず手近の孫の手をつかみ、ネコの頭をコツンと殴る。ネコはキャッと叫んで遁走《とんそう》する。十日間ほどその行事を続けたら、ネコはもう孫の手を見ただけで、さっと逃げて行くようになりました。外出する時でも、孫の手を鴨居から並べてぶら下げて置くと、ネコはそれをおそれて僕の部屋には入ってこないようです。

長々とおしゃべり致しましたが、昨年春から現在にいたる悪戦苦闘のかずかずは、以上の如くほんとに涙なくしては語れません。現在とても、最後的破局が明日来るか、一週間以後に来るか、あるいは現在のにらみ合いの状態がまだえんえんと続くか、皆目見当もつかない有様です。全くおかしなものですねえ。僕ら二人は同じ被害者であり、現在でもある意味では同じ脅威にさらされているわけなのに、二人の努力はその脅威を取りのぞいて平和を取戻す方向にはむけられず、お互いを傷つけ合うことばかりにそそがれているのです。たとえば不破数馬が奄美大島において権利書を第三者に転売したらどうなるか、そして万一差押えのやりくりがうまく行かなかったらどうなるか、僕ら二人は風の前の塵《ちり》の如く、第三者によってもろにこの家から追い出されてしまうでしょう。僕ら二人はお互いに対しては意地を張って頑強にねばるが、もともと二人ともひとりよがりの世間知らずなので、他人に対しては全然無抵抗と言っていいほど弱いのです。現に不破や陳根頑や孫伍風から、僕ら二人は赤児の手をひねるように軽くイカれた前歴があるわけですから、今後何か起っても同じコースをたどるでしょう。

では、現在の状態がえんえんと続いて行く場合はどうなるか、それを強く望んでいる人物が一人います。それは僕らの家の地主です。僕らの家の界隈は同一の地主で、百姓タイプの眼のぎょろりとした四十がらみの男です。この男が地代を徴収に時をきめてやって来るのですが、来るたびに地代の値上げを要求する。これは野呂に相談するまでもなく、その都度僕がことわっているのですが、この男が二人のにらみ合いの状態の続行を望んでいるのです。なぜ望むかと言えば、先に申し上げた如くこの家はこわれかかったボロ家で、早いとこ補強工事をしない限り、地震か台風かで早晩居住できなくなるでしょう。二人がにらみ合っている限りは、家の根本的な補強工作は成立しない。せいぜいめいめいの部屋の雨漏りを直す程度で、それ以上のことはやらないでしょう。そうなれば家の崩壊の時期は早くなります。その崩壊の時期の一刻も早く近づくことを、この地主は切に待っているのです。崩壊さえすれば、もう彼は僕らに新築は許さないでしょう。地所を他に高く売り払うか、万一新築を許すとしても莫大な権利金を要求するにきまっています。そんな風なことをこの地主が近所のある家で話して行ったことがあるらしく、そこの奥さんがある時僕に向って、早く補強工事をしないと損ですよ、という意味のことを遠廻しに忠告してくれました。僕もそうした方がいいとは思うのですが、なにしろ相棒が野呂のことですからねえ。修好を回復して団結してことに当ろうじゃないかなどとは、今までの行きがかり上僕からも言い出せないし、言い出したとしても野呂はその提案をせせら笑って一蹴するにきまっています。もう僕らの憎み合い、嫌がらせのし合いは、すでに業《ごう》の域に達していて、他人の言葉が耳に入る段階をはるかに通り過ぎているのです。まったく因果なことですが、もう仕方がありません。行くものをして行かしめ、亡びるものをして亡びしめよ。こういう悲壮な心境をもって、この日常のするどい緊張裡に、僕らは毎日生きているのです。御《ご》憫笑《びんしょう》下さい。

（「新潮」一九五四年八月号）

II

私の小説作法

「小説」というものは、それがつくられるためにいろいろと複雑な個人的（また社会的）な条件があり、また単に技術だけで製作されるものではないから、その「小説作法」なるものは「ラジオの組立て方」とか「ダンス教習法」などとは根本的に異なる。かんたんに伝授出来るわけのものでない。また伝授される側からしても、研鑽《けんさん》これ勉めてついに免許皆伝にいたる、という筋合いのものではない。

もし「小説」が、剣術あるいは忍術に類するものであれば、世の小説家は絶対に「小説作法」なるものを書かないであろう。その「小説作法」を皆が読み、その奥義を会得することによって、やがて師をしのぐ作品をどしどし書かれては、今度は師の方が上ったりになるからである。それでは困る。私だってそうやすやすと上ったりになりたくはない。

しかし小説というものは、現在においてはそういう仕組みのものではなく、伝授不可能なものが大部分を占めているので、私も安心して「私の小説作法」が書ける。

現在においては、と今書いたが、将来小説はどうなって行くか。それは私も予想出来ないけれども、あるいは将来において、小説の実質がすべて技術的なもので充たされる、ということも考えられないでもない。つまり小説が、創作されるという形から、合成されるという形に変って行き、その小説製造者も個人から集団ということになって行く。現在の映画製作のような機構になって、小説が合成されるだろうということを、私はかつて考えたことがある。

そうなれば個人の作家というのはなくなって、あいつは筆がなよやかだから濡れ場のところを分担させようとか、こいつは間抜けた才能があるからギャグ効果を受け持たせようとか、それぞれの技術と才能において小説に参加する。もうそうなると小説も「作法」などというなまやさしいものでなくなってくる。そういう大小説になると、個人としての批評は細微の点までつけなくなるので、批評家たちも集団を組んで、批評文の合成をもってこれに対抗する。

そうなればそんな大小説も大評論も、読者個人個人の鑑賞の手にあまるから、誰も読まなくなってしまう。誰も読まないとなると、小説も評論も企業として成立しなくなり、そこで文学は終焉《しゅうえん》する。文学者たちはみんな失業し、六カ月間失業保険の支給を受けたのち、それぞれニコヨンなどに転落して行く。寒空の道路工事場でスコップの手を休め、水洟《みずばな》をすすり上げながら、昔日の小説家の幸福をうらやむということになるかも知れない。

しかし私が生きている間には、まだそんな事態は来ないだろう。来たらたいへんだ。来るということを考えたくない。

小説というものは大体十九世紀が頂点で、以後徐々に下降して行く傾向にある。小説家の幸福もその線に沿って下降して行く。個人の豊かな結実、その豊かさがだんだん減少し、貧弱になってゆく。他の人間、他の職業人と同じく小説家自身もだんだん細化され分化されて行く。一方社会機構はその細分化された人間を踏み台にして、ますます複雑化されふくれ上って行く。個人としての小説家は、もうその弱々しい触手をもってしては、彪大《ぼうだい》なる社会機構をとらえることは出来ない。機械の中の一本の釘となり、硬直した姿勢で、釘としての役目を果たすことで精いっぱいになってしまうだろう。

破局的なことばかり書いたが、幸い現在はまだそこまで押しつまっていないので、小説家が自由業として成立する。現在小説家という職業は、身分的に言ってもあやふやなものであるが、仕事の内容もあやふやであって、明確にされていない部分が非常に多い。小説を書こうという衝動、発想、それらと現実との関係、現実を再編成して第二次の現実をつくり出す方法や技術、その間における作家の責任、その他もろもろのことが、ほとんど明確に規定されることなく、作家の個人個人の恣意《しい》（？）に委せられている。だから小説家は自分の方法をもってそれぞれ作品をつくっているわけであるが、自分の方法と言ってもあいまいなもので、精密な設計図として内部にあるのではなく、大ざっぱな見積りとしてしかないのである。いや、見積りという程度のものもなくても、小説作製は可能である。自分の内部のものをむりに明確化し図式化することは、往々にしてその作家の小説をだめなものにしてしまう。むりに見積らない方が賢明であるとも言える。自分の内部の深淵、いや、本当は深淵でなく浅い水たまりに過ぎないとしても、それをしょっちゅうかき廻し、どろどろに濁らせて、底が見えない状態に保って置く必要がある。底が見えなければ、それが深淵であるか浅い水たまりであるか、誰にも判りゃしない。自分にすら判らない。自分にも判らない程度に混沌とさせておくべきである。その混沌たる水深が、言わば作家の見栄のよりどころである。作家という職業は虚栄心あるいはうぬぼれが強烈でなければ成立しない職業であって、それらを支えているものがその深淵であり、あるいは深淵だと自分が信じているところの水たまりなのである。一朝ことあってその水たまりが乾上り、自分が小説を書く技術だけの存在になったと自覚した時、その作家は虚栄心を打ちのめされて絶望するだろう。絶望したとたんに、作家以外のものに変身するだろう。たとえ小説作製は相変らず継続して行くとしても。

小説家というものは、判らないからこそ小説を書くのである。判ってしまえば小説なんか書かない。小説家は何時もそんな逃げ口上めいた言い訳を持っている。デーモン、いやな言葉であるが、そんなもの持ち出して来る。自分の内部の水たまりに、そんな主が棲息しているかどうか、ひっかき廻しても幸いにどろどろに濁っているので、自分にも判然しない。判然しないけれども、そうだと信じさえすれば、それは棲息しているのと同様である。いてもいなくても、要は信じること。他のことは何も信じないでもいいが、これだけはこの職業では信じなくてはならない。自分は才能は貧しくとも、芸術家としては一流でなくても、ほんものかにせものかという点では、断じてほんものであるという自覚、これが大切である。

この私の考え方はやや古風な考え方であって、私以前の文学者の心得みたいなものなのであるが、まだこれはすぐに廃《すた》る考え方ではないから、今から文学に志そうとする人も、これを一概にしりぞけない方がいいだろう。昭和初年の文学青年たちは、みんなそれを信じることによって生きて来た。あの頃文学に志すことは、現今と違って、ほとんど現在を捨てることと同義であった。自分の水たまりに棲むものが、竜であるか、あるいはドジョウであるかミジンコであるか、一生かかっても判らないことだ。その判らないことの上に、文学者の意識なり生活なりが成立する。その成立の状況もいろいろあやふやなものがあって、内部の水たまりが乾上ったのに、乾上ったという自覚症状がなく、そのまま継続している場合もあれば、水たまりはそのままでも、ドジョウそのものは腹を上にして死んで浮き上っているという場合もある。複雑多岐であって、そこらのかねあいがむずかしい。

とにかくそういう個々の立場から、小説家たちはそれぞれ自分の方法で、現実の一片を切り取ってそのまま書くとか、すこし変形して書くとか、架空の材を使って書くとか、いろいろのことをやる。れいのドジョウとのかかわりの上において、あるいはかかわったつもりの上において、小説というものが作られる。「私の小説作法」という題で、私は自分の事は語らず、なんだか見当違いの事ばかり書いてしまった。書き直す時日もないのでこのまま出すが、まことにだらしなく申し訳がない。

（「文芸」一九五五年二月号）

私の創作体験

「創作体験」と題したが、実のところ、何を書けばいいのか、何を書きたいのか、はっきり判らない。作品は作品だけ出すもので、その体験を語るのは、蛇足のような気がする。蛇足を通り過ぎて、マイナスにもなりかねない。——出来るだけマイナスにならないように、手探りで、創作体験の内側からでなく、外側から書いて見ようと思う。やはり個々の作品に即した方が書き易いから、まず「日の果て」について。「日の果て」をえらんだのは、外的な状況において、これが私の作品中もっとも有為転変に富んでいるからだ。

昭和二十一年九月、「素直」という季刊誌が発行され、それに私の「桜島」という作品が掲載された。

その翌月に、「新生」という雑誌から、小説を書けと言ってきた。

「新生」というのは、終戦後まっさきに発行された綜合雑誌で、二年ぐらいで潰れたけれども、当時はたいへんな勢いで、派手な雑誌であった。「中央公論」や「改造」はまだ復刊されていなかったし、まったくラグビーの独走と言った感じの雑誌であった。

　そこで私は一〇日ほどかかって「独楽《こま》」という作品を書いた。この作品が「日の果て」の原型である。枚数は四六枚だ。しかし書き終えて、この作品は私の意にみたなかった。それでも私は「独楽」をたずさえて、「新生」の編集長の桔梗利一を訪い、意にみたないが一応お渡しする、と言って原稿を手渡した。（ここらの心理、今考えても、自分ながら不可解也。）桔梗編集長はそれを一読し、貴方も意にみたないだろうが当方の意にもみたず、と原稿を私に返却した。すなわち私はとぼとぼと帰宅し、「独楽」を机の引出しの底にしまい込んだ。

　その年の末、大地書房（この出版社も今はなし）から発行されている××（名前を今どうしても思い出せない）という雑誌から、小説を書けと言ってきた。それも一〇〇枚程度のものという注文である。

　私は「独楽」を書き直して、引き延ばして一〇〇枚にすることを考えた。そして直ちにその作業にとりかかった。

「独楽」のフィリッピン戦場の題材は、フィリッピンからの復員者の話を聞き、三〇分ほどメモを取り、それにいろいろと変形を加えて、小説に仕立てたものである。

書き直すについては、更に変形を加え、小事件を書き足す必要に迫られた。そうしないと、とても一〇〇枚にはならない。

今これを書くにあたって、四六枚の旧稿を戸棚から出して読み返して、いろいろ感慨もあり興味も深かった。一〇年も前に書いた旧稿だから、読み返してもそれほど自分にくっついていない。他人の原稿を読んでいるというほどまでには行かないが、半分ぐらいは他人の原稿になりかかっている。私の頭にあるのは「日の果て」の残像だから、旧稿「独楽」はひどく簡略に感じられる。

「独楽」の主人公は、「日の果て」とちがって「私」になっている。「私」が部隊長の命令をうけて、花田軍医を射殺に行く。矢野軍曹というのをつれて行くことになっている。「日の果て」においては、主人公は途中で自分も逃亡の決意を固めるのだが、「独楽」ではそうでない。射殺しに行くことへの心理や情緒の動揺はあるが、結局花田軍医に追いついて、ピストルを擬し、

「銃殺！　大隊長命令！」

と叫んで、いきなり射殺してしまう。その揚句、女から射たれる。

「矢野が大声で私の名を呼ぶのを、はるかなもののように聞きながら、私は次第に気が遠

くなって行った」

「独楽」の末尾は、こんな文章で終っている。

一〇〇枚に引き延ばすべく改作するに当って、主人公の逃亡決意を設定することによって、作品のねらいは大きく転換した。（それが成功か不成功かは別として）

高城伍長（矢野軍曹）が一度主人公と訣別《けつべつ》し、また考え直して行動を共にする。そういう設定で、主人公と伍長の心理のからみあいや、そんなところで枚数をかせいだ点が、新旧両作を見比べると、歴然としている。

文章も「日の果て」の方が、前作よりも、当然のことながら描写がこまかくなっている。あるいはくどくなっている。

花田軍医のいるニッパ小屋に行きつくと、軍医は東海岸に出発したあとで、そこに狂者がいて讃美歌をうたっている。これは両作とも同じだが、「日の果て」ではその狂者が女であるのに対し、「独楽」では男である。シャツ一枚で下半身は裸の、ぼうぼう鬚《ひげ》の男が「見よや十字の旗高し」という歌をうたっている。「日の果て」では、

「狂った女はきょとんとした顔を上げて宇治を眺めたが、ふいにごろりと横になり脚を立てた。裾から見ると股の部分が目にしみるほど白い」

旧作「独楽」では、

「狂った男はきょとんとした顔付きで私を見ていたが、ふいにごろりと横になり、しきりに毛布の端をむしりながらぶつぶつ呟き出した。日の当った股の部分は鱗《うろこ》をつけたような垢である」

旧作の方がよかったかも知れない。そのきちがい男を、どうしてきちがい女に書き直したか、その気持やねらいはもう私の記憶にない。技術や操作の関係でそうなったので、あまり高邁な文学精神から出たものではなかろう。ここらで色気をつけてやれと、考えたのかも知れないとも思う。

二人は途中で司令部を通るのだが、「日の果て」では自分も逃亡の予定だという関係上、司令部には立ち寄らない。伍長にピストルをつきつけながら通過してしまう。「独楽」では、司令部に厭な性格の副官がいるから、敬遠して立ち寄らないという形になっている。

まあいろいろそんな具合にして、改変したりつけ加えたりして、旧作「独楽」の四六枚が新作「独楽」の一〇八枚に変貌した。「独楽」という題名は、主人公が女からピストルでねらわれている短い時間に、独楽《こま》の廻っている幻想が瞼のうらにあらわれる、そこから取ったものだ。「日の果て」にはその幻想はない。

四六枚を一〇八枚に引き延ばして、作品としての質が向上したかどうか、私は今でも疑問に思っている。

とにかくそれを、大地書房の××誌に持って行った。

翌年になり、新作「独楽」が掲載される間際になって、××は廃刊となり、ふたたび原稿は私の手に戻ってきた。書き直しても戻ってくるという点において、私は相当に自信を喪失した。

昭和二十二年春、桜井書店（これも今はなし）から『桜島』という単行本を出すことになり、発表した作品だけでは枚数が足りなかったから、この「独楽」を未発表のまま入れることにした。だから原稿はしばらく桜井の編集室に置かれていたが、そのうちに私と桜井書店の間に感情のごたごたがおこり、出版は取り止めになって、また「独楽」は私の手元に戻ってきた。

それから「独楽」は、鎌倉文庫発行の「人間」の編集部に二カ月ほど預けられた。しかし編集部の誰もこの原稿を読まなかったらしい。「日の果て」発表直後、鎌倉文庫勤務の巌谷大四が賞めて呉れたから、あれはお宅に二カ月ほど預けてあったのだと言うと、彼は意外そうな表情で、そんな原稿見たことない、という意味の答えをした。

六月頃、へんな男が私の家を訪ねてきた。

新作家の創作シリーズみたいなものを出したい。枚数は一〇〇枚から一五〇枚まで。文庫本形式で出したいが、原稿はあるか？

それで私は「独楽」の話をした。これは未発表のものであるがよろしいか？

男曰く。未発表、なおのこと結構なり。

私曰く。では渡すが、実は今金に困っているから、引換えに印税の半分をよこせ。

男曰く。O・K。O・K。来週の月曜日に金を渡しましょう。

私は早速鎌倉文庫におもむき、「独楽」を取り返し、その男に渡した。

次の月曜日、私はその男に電話をかけた。男曰く、今週はちょっと具合が悪いから、来週の月曜日にして呉れ。

さらに次の月曜日、私はふたたびその男に電話をかけた。男曰く、今週もちょっと金繰りがつかないから、来週にして呉れ。

さらに次の月曜日、電話をかけた。返事は前と同じ。

さらに次の月曜日。結果は同じ。

青磁社勤務の那須国男が私を訪ねてきた。今度「個性」という文芸雑誌を出すことになった。噂に聞けば一〇〇枚の原稿が手元にあるそうだが、一応見せて呉れないか、という申し入れである。

私は早速「独楽」が行っているなんとか出版社におもむき、原稿をとり返して来た。出版社ではすぐに返してくれた。

例のへんな男は、この出版社につとめているのではなかった。原稿ブローカーであったらしいことが判った。

私は「独楽」を那須国男に渡した。

それから青磁社の内にごたごたがおこり、片山修三、那須国男は青磁社を離れ、新たに「思索社」というのを起した。私の「独楽」は「個性」ではなく「思索」に掲載されることになった。

片山修三は私に言った。「独楽」を読んだが、最後の独楽の幻想のところがいかにもまずい。あれは書き改めたがよかろう。

すなわち私はその部分に手を入れ、削除し、書き直した。書き直したからには、「独楽」という題名は成立しないので、あれこれ考えた揚句「日の果て」という題名にした。

「日の果て」は昭和二十二年九月、「思索」秋季号に発表された。初稿を書いて丁度一年目である。

原稿料はたしか一枚五〇円で、合計五〇〇〇円ばかり貰った記憶がある。

しかしこの作品はその後、芝居や映画になり、単行本や文庫に入ったりしたので、現在のところ、はっきりした計算ではないが、一枚一万円ぐらいにはついていると思う。よく訓練された泥棒猫のように「日の果て」はあちこちにかけずり廻り、原作料や印税をくわえてはかけ戻ってくるので、その点において私はこの作品を大いに徳としているのである。

その後、だんだん私は書けなくなってきた。

行き詰ったと言ってもよろしい。

その行き詰りの原因の一半は、私の文体にもあった。自分の文体の重さが、私を書けなくした。

たとえば「日の果て」の文体は、文体のための文体と言ってもいいもので、その規格にあてはめて小説を書くためには、多少とも自己を歪めねばならぬ。

私は小説を書きながら、どうも自分は本当のことを書いていない、と感じるようになってきた。うそを書いている、デッチ上げをやっている、その意識が私の筆をさらに重くした。

昭和二十四、二十五年がその時期に当る。つまり私は、自分流に設定した「小説」というものの枠や形式に、しばられていたわけだ。

その頃「群像」から長篇を依頼され、「日時計」というのを書き出した。この作品は途中で「殺生石」という題にあらため、二三ヵ月おきに飛び飛びに掲載して、四回をもってついに中絶の止むなきに到った。「群像」編集部でもこれには難渋したらしいが、私自身も大いに難渋した。

長篇に失敗したことで、私はますます自信を喪失した。

昭和二十六年になった。この年の夏「新潮」から一〇〇枚程度のものを書けという依頼があった。

その頃も私はなかなか書けなかったけれども、テーマはいくつか持っていた。テーマがあっても、それが小説の形にならなかったのだ。

そのテーマの一つをえらんで、私は「新潮」の作品を書き始めた。二人の夜学の教師の心理的葛藤がそのテーマであった。

私は一〇枚書いては破り、また初めから書き直し、一五枚書いて筆がとまり、暗然としてひっくり返った。

書くことはちゃんとすみずみまできまっているのに、いざ文章にして見ると、小説にはならないのである。小説家失格だ。

ひっくり返って、自棄《やけ》になり、そこらにころがっている童話本を開いて、童話をいくつか読んでいるうちに、ひとつこの童話の形式で小説を書いたらどうだろう、ということを考えついた。

童話という形は非常に自由である。

童話、説話体、あるいは講談の語り口。

こういう形式は、たとえば筋を飛躍させるために、在来の私の小説形式では大へんな技術的困難を極めるところを、「さてお話し変りまして」という一行を入れることだけで、簡単にかたがついてしまう。さっと別の話にうつれるわけだ。

この形式をとって、私は「新潮」の小説を、ほぼ一週間ばかりで、割にらくらくと書き上げた。「山名の場合」という小説だ。書き終えてこの形式が、予想通り柔軟にして使いやすく、どの人物の心理にも入って行けるし、同時に客観的な描写も出来る、便利極まる形式であることを認識した。

らくらくと書けたということと、割に評判がよかったということで、私はやや自信をとり戻した。

そしてつづいて「群像」に「Sの背中」という小説を書いた。

これはも一度その形式を実験するつもりで、題材は間に合わせに猿蟹合戦からとった。猿蟹合戦を現代の話にそっくり置きかえたものだ。

猿沢佐介という男と、蟹江四郎という男、これがある飲屋の女（柿の種みたいに色が浅黒くて瓜実顔《うりざね》の）をはり合う。結局その飲屋の猿沢の借金を引き受けることによって、蟹江はその女を獲得して女房にする。その女房の死後、女房の日記で、女房と猿沢が姦通していたらしいという疑いにとらわれ、復讐の念を持つにいたる。

臼井（ウス）蜂須賀（ハチ）小栗（クリ）などをかたらって復讐というところまで行かずして、締切りが来たものだから、中途半端なところで打切って、そのまま発表した。この作品も割にすらすらと行った。

これも割に好評判であったが、これが現代版猿蟹合戦だと読んで呉れたのは一人もなかった。名前の頭文字などで、あきらかにそれと打ち出しているにもかかわらず、誰もそれと読んで呉れなかったことが、私をおどろかせた。私の納得出来ないような批評が多かった。

こちらが企画し表現した通りには読者は受取らない、ということをおそまきながら私は学んだ。そのことは私の内部にあるものを更に柔軟にした。

そしてつづいて同じ形式で、「新潮」に「春の月」というのを書いた。筆の速さはますます好調で、この作品の後半の五五枚は一昼夜で書いた。

同じ形式で三つも書いたものだから、私はこの方法において大いに習熟したが、実のところを言うと少々倦きた。

それにマンネリズムにおち入る危険性もあった。小出しにするにしくはなし、と思ったが、やはり今でも大出しというほどではないが、中出しぐらいにしている。昔の方法と今の方法とないまぜにして出している。

もうそろそろ新しい方法をあみ出したいと思うが、思うはやすく行うは難し！

昭和二十九年「群像」に「砂時計」という長篇を書き始めた。前に「日時計」という長篇で失敗したので、今度は「砂時計」で行こうというわけだ。「日時計」だの「砂時計」だの、どんな小説にもあてはまる巾の広い題名である。時間の経過を示すものと解釈すればいいのだ。

そんなあやふやな気持で題名をえらぶのかと叱られそうだが、連載長篇というものは書き下し長篇とちがって、書き始めと同時に題をつけねばならない。書き始めて、あとあとの筆の進行で、予定がどんなに変るか判らないのに、題名をつけるなんてむちゃな話である。巾の広い、含みの多い題名をつけるにしくはない。短篇の場合でも、すっかり書き終えて、さて題は何としようと考え込むことが、私にはしばしばである。

書き始めると同時に題がきまっているなんて、私の場合には稀有のことである。書き終えて無理矢理にくっつけるものだから、私の題のつけ方はいかにもまずい。自分で見ても苦しまぎれという感じがする。

作曲家のように、自分の作品に「作品第何番」とつけるのが、一番いいと思うのだが、今までの慣習上、小説には題がないと困ることになっている。

絵画の方は、題名は割に意味が重く、題名が絵の説明をするという働きを持っている。小説は、題があろうとなかろうと、内容がすべてを語っているのだから、どうも蛇足のような気がして仕方がない。

「砂時計」も今までのところ（昭和三十年一月現在）どうにか書きついで来たが、もう砂が底からぽろぽろ落ちて、残りすくなになってきた。しかしこの作品は今継続中だから、これについて語るのは止めたい。この作品におけるさまざまの失敗、見込み違いは、完成の後に書きたいと思う。

（岩波講座『文学の創造と鑑賞』第四巻・一九五五年二月刊）

わが小説

自分の作品について語るのは、たいへんむずかしい。強いためらいや抵抗を感じる。要は作品を出せばいいので、それに加えるべきなにものも私にはない。

損得の問題もある。うっかり自作を解説して、これはこんなつもりで書いたなどと書くとする。すると読者の方では、あれはずいぶん深遠な作だと思っていたのに、そんな浅はかな動機で書かれたのかと、がっかりする場合が時々ある。時々以上に多い。(他人のを読む時は私も読者だから、よく知っている。)それでは損であり、逆効果だ。

一つの作品を書き上げるまで、原稿の形では何度も読み返す。ところがそれが活字になり、雑誌が贈られて来ると、もう読む気がしない。いや、もっと強く、読むのを嫌悪したり畏《おそ》れたりする気が先に立って、その雑誌を押入れの中に突っ込んでしまう。原稿と活字と、内容は同じだけれども、どういうわけでそんな気持が生じるのかわからない。

自作が活字になると、ためつすがめつ鑑賞し、時には音読してたのしむ人もあると聞いた。これとそれと、自信のあるなしには関係なく、性格の問題だろうと思っている。自作を読み返すのがいやなのは、私が自信がないからじゃない。別の感情だ。

その感じも、半年ぐらい経つと、ゆるんで来る。たまたま押入れをあけると、その雑誌がころがり出て来て、おそるおそる読み返す。にがい感じはあるけれども、叫び出したくなるようなことは先ずない。その半年に新しく嫌悪すべき作をいくつか書いていて、この作品は人垣の向うにいるようなものだから、いやらしさが薄められるのだろう。一年経つと、もう大体安心して読める。やっと作品は私の手もとに里帰りして来る。

自作というのはこの場合小説に限っていて、随筆だの雑文は含まれない。もっとも雑文などで、何とはしたないことを書いたのかと、思い出して舌打ちしたくなる場合もあるが、それは前の例とちょっと趣きが違う。舌打ちすれば、それで済んでしまう。

と書いて、もう書くことがなくなった。今まで私はどのくらい書いたのか。著書を調べて計算して見ると、原稿用紙にして一万二、三千枚程度かと思う。決して多い方ではなかろう。

「書きたいことが山ほどある」

という状態が、私に来たことがない。おそらくだれにもないだろう。一つの視点があり、それに材料を持って来れば、いくらでも生産出来る状態。それはあり得るだろう。私もその状況に乗っかったこともあるし、今多作している人の仕事を見ると、皆その手である。視点に動きはないから、発展はなく、作品は反復だけだ。どうしても材料にウエートがかかり、材料のひねり方や珍奇さが腕の見せ所となる。読者もそうと心得ているので、別に文句は言わず、よろこんで読む。(自作を語ることから逸脱したようだ)

私の仕事時間は、平均して一日に二時間ぐらい。そのくらい机の前にすわっていると、飽きるというのは適当でないかも知れないが、面倒くさくなって、もう今日はこの程度でいいだろうと、やめてしまう。調子がよくて書き進むこともあるが、努力感が生じてくると、もういけない。いろんな事情から、私は近ごろ原則的に「努力」を自分に禁ずることにしている。いや、昔からそうだった。

「近ごろお忙しいでしょう」

だから人からそんなあいさつを受けると、返答に困る。忙しいといえば忙しいし、暇だといえば暇だ。しかしもて余すほどの閑暇はない。

「ええ。まあ」

なんてごまかす。人間、生きてりゃ、だれだって忙しい。私もその例外じゃない。などと心の中でつぶやきながら。

――以上、自分の作品について、語るがごとく、語らざるがごとく、二時間かかって書いた。自作をひとつだけあげよといわれれば「庭の眺め」をあげる。

（「朝日新聞」一九六一年十二月十二日）

私の小説作法

「私の小説作法」を書くことはむずかしい。今から十年前、昭和三十年二月号の「文芸」に、私は「私の小説作法」を書いた。それを読み返すと、その時の考えが今もほとんど変っていない。進歩がないといえるかもしれぬが、基本的態度というものは、そうそう進歩したり変化したりはしないものだ。

人間の中に泥沼みたいなものがあり、それが現実に相渉《わた》って創り出されるのが、文学であり小説であるとその時書き、その泥沼の定義や分析をこころみている。小説作法が「ラジオの組立て方」や「碁の入門」などと根本的に異なる所以《ゆえん》をせっせと書いている。同じことを今なぞるのは気が進まないので、以下出来るだけ具体的に書く。

題材がきまると、机の前にすわり鉛筆で一日五枚から十枚程度の早さで書く。下書きはしない。ぶっつけ本番で書く。書きくずしは一〇%くらい。百枚書くと十枚のロスが出る。

寡作《か》の上にロスがないので、原稿用紙の使用量はごく少ない。

題材は経験したこと、人に聞いた話、空想でつくり上げること、いろいろある。その混合型ももちろんある。書き始めて途中でうまくいかない場合、無理には書き続けない。放棄してしまう。全然捨ててしまうわけでなく、あたためておく。十五年ほどあたためて、やっと書いたこともある。長年あたためていると、枝葉が熟してきて、うまくいくような気がする。

作品を創るに当って、必ずしも初めから順々に書くとはきめていない。全体を三分し、最後の三分の一を先に書き、次に中の部分、最後に初めの三分の一を書くということもやる。しかしこれは素人《しろうと》のやり方かもしれない。小説を書き始めたころ、私はしばしばこの方法をとった。初めから書くと形がつかないような気がしたからだ。初めから書き、流れにしたがって結末に到るのが本筋だろう。でも予定した結末に到らないことが、往々にあるのだ。結末を最初に書くと、中途で強引に筆を曲げねばならぬことが時々出来てくる。しかし余儀ない事情で（たとえば何月何日までに仕上げなければならない時など）この方法を採用することがある。作家としては、不名誉というべし。

旅行はするが、取材旅行はしない。ただふつうの旅人として旅を楽しみ、その感じを身内に取り入れて戻って来る。あとになってその旅行先を小説に使う時、も一度そこへ行って確かめることはしない。体に残った漠《ばく》たる感じ、漠たる記憶をもとにして、書いてしまう。特別な構えは、作家に必要でない。記録なら正確さが必要だが、小説となると趣きが異なってくる。そう私は思っている。そのせいか、行ったことのある土地よりも、架空の場所（つまり行ったことのない土地だ）の方が、私は書きやすい。人から聞いたり地図で調べたり、それを空想で補って書く作業が、たのしいのである。

それから手法について、他人が使い古したありふれた手口を、できるだけ使うまいと心がける。たとえば年代記風の書き方、私はこれは昔からいやで、読むのも書くのも退屈だ。だから必ずひっくり返して、順序をばらばらにして書く。小細工といわれれば、それまでだけれど。

「あの人はさすが作家だけあって、ものを見る目がするどい」

こんなばかな話はない。目のするどさにかけて作家は、刑事や客引き番頭やバーのホステスには遥かに及ばない。現実面では作家はお人好しで、これほどだまされやすい人種はないのである。ただ番頭やホステスと違うところは、そこから虚実をないまぜて、一篇の小説に創り上げるというか、でっち上げるというか、そんな才が多少あるだけの話だ。それ以上でもなく、それ以下の人間でもない。常凡な俗物であるという自覚が、私のかえるべき初心なのである。

（「毎日新聞」一九六五年一月三十一日）

巻末エッセイ

名前

野呂邦暢

電話帳をゆき当りばったりに開いて、まず目についた名前にする、という作家がある。同窓会名簿から拾い出す、という作家がある。小説に登場する人物の名前である。やさしそうに見えて、これがなかなかむずかしい。

安岡章太郎さんにお目にかかって小説の話をうかがったとき、たまたま名前のつけ方に話が及んだ。名前は顔のようなものだ、と安岡さんはいわれた。登場人物の顔が見えてこなければ小説は書けない。

七十枚ていどの作品なら「男は……」「女は……」ですますことができる。抽象化によってかえって効果が出る場合もある。アルファベットを使う作家もいる。カフカの小説に登場するKという男は、作品の雰囲気と人物の性格から、いかにもKという文字がふさわしくAやFではぶちこわしに感じられる。この場合、イニシアルのみを使うという手は成功しているのである。いつもこんなにうまくゆくとは限らない。下手をすると作品がこの命名法で蒸溜水のように味気ないものになってしまう。カフカ作「変身」の主人公は、グレゴール・ザムザという名前である。ある平凡な給料取りが一夜明けたら奇怪な虫に変っていたという物語にはまさしくぴったりの名前ではないだろうか。私の勝手な想像なのだが、カフカはグレゴール・ザムザという名前を思いついて初めて「変身」を書くことが出来たという気がする。

名前のつけ方にも作者の個性が反映する。美意識の反映といいかえて差し支えない。私は安易な命名をする作者の小説は敬遠することにしている。井上光晴さんは題のつけ方も人物の命名もうまい。例えば傑作「地の群れ」の場合、宇南親雄という名前がある。朱宰子、津山金代などという名前も長崎という土地の匂いを感じさせる。暗い輝きを帯びた「地の群れ」という小説に名前の響きがよく調和している。

私の筆名野呂は、梅崎春生作「ボロ家の春秋」に登場する男から借用したものである。そうすることで「桜島」と「幻化」の作者に対する私のささやかな敬意を表わしたつもりであった。

私は梅崎春生の作品が好きだ。しかし、ここでは梅崎文学よりもその登場人物たちのいっぷう変った名前の方を語りたい。同窓会名簿から拾い出すというのは梅崎春生のやり方なのである。もっともなまの形で使いはしなかったらしい。姓と名をすげかえたり、ある姓を少し変えたりしたもののようだ。貴島一策というのは「紫陽花」に登場する偏屈な老人である。五味司郎太というのは「山名の場合」に登場する夜学教師の名前である。島津鮎子というのは彼の同僚である。いずれもその名前に共通した一種の雰囲気がある。とぼけている上に童話的ともいえるコッケイさがあって、というだけでは足りない何かが感じられる。長い間、私はこの雰囲気の正体を考えあぐねていた。最近になって私はそれを九州人の体臭といってもいいのではないかと思うようになった。梅崎春生は福岡出身の作家なのである。

（のろ・くにのぶ　作家）

（「西日本新聞」一九七六年六月十八日付夕刊）

解説

荻原魚雷

作家にはそれぞれ転換期がある。

梅崎春生は初期と中期以降で作風が大きく変わっている。野球の投手が力で相手をねじ伏せる本格派からのらりくらりと打者をかわす軟投派に転じる感じとやや似ている。おそらく一九五〇年代前半がその過渡期だろう。

『ボロ家の春秋』と題した文庫は角川文庫（一九五七年）、旺文社文庫（一九七九年）、講談社文芸文庫（二〇〇〇年）と三冊刊行されている。各文庫、収録作はバラバラなのだが、なぜか二十一、二年おきに復刊している。次に出るのは二〇四二年か四三年かどうかはさておき、長く読み継がれている作品といえよう。

今回の文庫は直木賞受賞作と同賞の候補作と創作について綴ったエッセイを合せたオリジナル編集である。一九五〇年に「黒い花」、五一年に「零子」、五三年に「拐帯者」が直木賞候補作、五四年の「猫と蟻と犬」は直木賞の予選候補、そして五五年二月に「ボロ家の春秋」で第三二回直木賞を受賞した。

「黒い花」と「ボロ家の春秋」を読み比べるとまるで別人の作品のようだ。

梅崎春生は一九一五年二月十五日福岡市簀子町生まれ（現・中央区大手門一丁目）、西公園近くの荒戸町に育った。父・建吉郎は福岡二十四連隊の歩兵少佐で、春生が八歳のときに退役している。

一九二七年、福岡県中学修猷館、一九三二年、熊本の第五高等学校に入学。五高時代に西郷信綱、霜多正次と知り合い、交友会誌に詩や小説を発表した。三年進級時に落第し、木下順二と同級になる。上京後、東京帝国大学の国文科に進学するもほとんど講義に出席しなかった。

一九四〇年、大学卒業後、新聞社などへの就職を志したが、すべて不合格。友人の紹介で東京市教育局教育研究所に勤めた。四一年十二月、陸軍から召集を受け、翌年一月に入営するも肺疾患で即日帰郷し、ほぼ一年にわたり療養生活を送る。四四年六月、海軍に召集され、九州各地の通信施設を暗号兵として転々とし、終戦を迎えた。

敗戦の年の暮れ、三十歳のときに初期の代表作『桜島』を執筆し、一九四六年、浅見淵の推挙により文芸誌「素直」の創刊号に掲載、「戦後派（第一次戦後派）」の作家として文壇デビューを果たした。

「戦後派」は野間宏、武田泰淳、埴谷雄高、椎名麟三ら、戦後まもなく文壇に登場した思想色の強い作家のグループというのが、文学史の定説である。

山口瞳は「梅崎さんは、文学史的に言うと『戦後派作家』に属するのだけれど、作風や体質からすると『第三の新人』に近い。いわば『戦後派』と『第三の新人』の中間にいて、その橋渡しをしたような人だった」と『変奇館日常 男性自身シリーズ』の「鱲子《からすみ》綺談（一）」に書いている。

梅崎春生は病弱かつ怠惰で一日二時間しか仕事をしなかった。その気質は「第三の新人」の遠藤周作、安岡章太郎、吉行淳之介と通じるところがある。

また梅崎春生は梶井基次郎と内田百閒を愛読していたのだが、そのあたりも「第三の新人」の作家と共通している。

遠藤、安岡、吉行のエッセイには照れ屋で悪戯好きな憎めない先輩として梅崎春生は何度となく登場している。後輩作家にたいし、彼は「練馬王」「練馬大王」と自称し、夏のあいだは「蓼科大王」と名のった。

『梅崎春生×遠藤周作展』（かごしま近代文学館）の年譜によると『黒い花』が刊行された三十五歳――「この頃、自らの文体に行き詰まる」とある。その後、絵を習ったり、童話の文体を用いたり、様々な試行錯誤を続けた。新聞の三面記事をモチーフにした小説にも取り組んだ。「黒い花」も実際にあった事件を元にした小説である。

主人公の幼なじみの日野保は「チャリンコ」で生活している。「チャリンコ」は「子どもの掏摸」の隠語なのだが、わたしは一瞬ウーバーイーツみたいな自転車の配達業か何かなとあやうく誤読しそうになった。昔の小説を読むときは言葉の意味が今と変わっていることがあるので注意が必要だ。

「黒い花」にはこんな一節がある。

「人間というものは、自分も悪党のくせに、他人の悪なら少しでも許容しないもののようでした。

他人の悪を卑しめ非難することで、自分の悪を正当化し合理化しようとするのです」

さらに作中、自分を棚に上げ、他人の悪を非難する人たちを「無自覚なエゴイスト」と指弾する場面もある。もっとも梅崎春生はエゴイズムの否定者ではなく、エゴイズムの自覚と拡充こそが新しい文学を作ると唱えていた。

当時の評論家の中には梅崎春生の作風を「虚無」「ニヒリズム」と評する人たちもいた。たしかに道徳や倫理にたいする逆説を好む傾向は見られるが、それは思想信条というより、気質（社会不適応や無力感）に根ざしたものと考えたほうがしっくりくる。

話は変わるが、すこし前にわたしは大下宇陀児の遺著『釣・花・味』（養神書院、一九六七年）を古本屋で手に入れた（所収の釣り随筆が目当だった）。「乱歩分析」と題したエッセイに梅崎春生の名が出てくる。

「梅崎春生君が乱歩を訪ねたことがあり、その時梅崎君は、探偵小説を書きたい気持があったが、梅崎君がフレッチャーをほめると、乱歩はその意見に不同意で、そのため梅崎君は探偵小説への意欲を失ったということを、私は直接、梅崎君から聞いた」

もっとも推理作家の大下宇陀児《うだる》は「梅崎君のためには却ってよかった」と探偵小説を断念したことを喜んでいる。

梅崎春生がミステリー作家の道を模索していたのも一九五〇年代前半だろう。「零子」を読むと謎解きはしていないが、ミステリーの雰囲気もなくはない。

同作は「神秘的」な零子と「近代的な顔付き」の廣橋と『大菩薩峠』の主要人物の「米友」というあだ名の僕の物語。三人でいるとき、外見がぱっとしない僕は常に脇役の意識を抱えている。

「零子」は五一年下期の直木賞候補作にかかわらず、単行本、全集未収録作だった。

「零子」発表の翌年に「中国新聞」などに連載した「幻燈の街」も二〇一四年に木鶏書房が刊行するまでずっと未刊の作品だった。

同書の「解説・後記」で柳澤通博は「お蔵入りにされるような要因は何一つ見当たらな

いし、特記すべき欠点もない」と述べている。「零子」もそうだ。登場人物の造形や描写も緻密だし、文章も洗練されている。出来不出来でいえば、梅崎作品の中でも平均を上回るとおもわれる。

わたしの推理というか、勝手な想像を述べさせていただくと、梅崎春生はいつの日か「零子」をリライトし、長篇にしようと企図していたのかもしれない。零子が台湾に渡った経緯を含め、膨らまそうとおもえば、いくらでも膨らませそうな内容だからだ。しかし、そうこうするうちに「猫と蟻と犬」や「ボロ家の春秋」が好評を博し、「市井もの」を書くことに追われ、「零子」長篇化計画は夢に終わった……。ただし没後刊行の全集にも収録されなかったのは謎のままである。本人にしかわからない文体の行き詰まりが関係しているのだろうか。

文体といえば、今回の文庫でわたしのイチ押しは「猫と蟻と犬」である。「どうも近頃身体がだるい。なんとなくだるい」という書き出しがたまらない。年下の友人の秋山画伯は「放射能ですよ」と脅かす。一九五四年三月一日の第五福竜丸事件（米軍のビキニ環礁水爆実験）が起こり、その影響を危惧しているのだが、いつの間にか、話はどんどん横道にそれ、煙に巻かれたような気分になる。

「猫と蟻と犬」の秋山画伯は梅崎春生のファンにはおなじみの人物で「カロ三代」「秋山

君の肝臓」「エスの新居」など、別名も含め数々の作品に頻出する。「ボロ家の春秋」の「僕」も秋山画伯だろう。モデルは画家の秋野卓美。彼は一年の半分くらい梅崎家に泊っていた時期もあった。梅崎作品には「秋山もの／山名もの」と名付けられた連作がある。彼の出現によって梅崎春生の小説は転換期を迎えたといっても過言ではない。

「拐帯者」の穴山八郎は「拾う」という短篇に出てくる。どちらも小心な男がお金に振り回される話である。梅崎作品はお金の話が多く、金額を正確に記す傾向がある。友人の作家にも原稿料や印税に関していろいろ助言していた逸話が残っている。

ちなみに一九五三年の「拐帯者」の百二十余万円はどのくらいの額だったのかというと、当時大卒の初任給がだいたい八千円の時代であり、ビールの大瓶は百七円、都内の銭湯の入浴料は十五円だった。

そう考えると「ボロ家の春秋」の借家（東京・代田橋）の家賃月五百円はかなり安い。

永井龍男は「ボロ家の春秋」の選評で、梅崎春生の小説世界について「一種ふてくされた視線」を通して作られたものだと指摘した。また平野謙は人間と人間との愚かしい葛藤を『生きものの哀しみ』として、眺めている作者のひとりです」と喝破している（角川文庫版『ボロ家の春秋』の解説）。

梅崎春生は純文学と大衆小説を行き来しつつ、常に冷めた眼で世の中を見ていた。どの作品を読んでも、人を動物や昆虫のようにその生態を観察しているようなところがある。「私の小説作法」によると「判らないからこそ小説を書くのである。判ってしまえば小説なんか書かない」と綴っている。

梅崎春生の「渾沌たる水深」「水たまり」には何が潜んでいるのか。すくなくとも簡単に底を見せてくれない作家であることは間違いない。

（おぎはら・ぎょらい　文筆家）

編集付記

一、本書は著者の直木賞受賞作および候補作全四篇と創作に関する随筆を独自に編集し、巻末に野呂邦暢のエッセイを併録したものである。中公文庫オリジナル。

一、編集にあたり、沖積舎版『梅崎春生全集』第三巻、第四巻、第七巻を底本とした。ただし、「零子」は単行本・全集未収録であるため、初出誌に拠った。底本中、明らかな誤植と考えられる箇所は訂正した。

一、本文中、今日の人権意識に照らして不適切な語句や表現が見られるが、発表当時の時代背景と作品の文化的価値に鑑みて、底本のままとした。

中公文庫

ボロ家《や》の春秋《しゅんじゅう》

2021年6月25日　初版発行

著　者　梅《うめ》崎《ざき》春《はる》生《お》

発行者　松田陽三

発行所　中央公論新社
〒100-8152　東京都千代田区大手町1-7-1
電話　販売 03-5299-1730　編集 03-5299-1890
URL http://www.chuko.co.jp/

DTP　ハンズ・ミケ
印　刷　三晃印刷
製　本　小泉製本

Published by CHUOKORON-SHINSHA, INC.
Printed in Japan　ISBN978-4-12-207075-2 C1193

中公文庫既刊より

各書目の下段の数字はISBNコードです。978－4－12が省略してあります。

う-37-1
怠惰の美徳
梅崎春生
荻原魚雷編
戦後派を代表する作家が、怠け者のまま如何に生きてきたかを綴った随筆と短篇小説を収録。真面目で変でおもしろい、ユーモア溢れる文庫オリジナル作品集。
206540-6

の-17-1
野呂邦暢ミステリ集成
野呂邦暢
「失踪者」「もうひとつの絵」「剃刀」など中短篇八編とエッセイを併せて年代順に収録。推理小説好きを自認した芥川賞作家のミステリ集。〈解説〉堀江敏幸
206979-4

ふ-22-4
編集者冥利の生活
古山高麗雄
安岡章太郎「悪い仲間」のモデル、『季刊藝術』の同人として知られた芥川賞作家の自伝的エッセイ&交友録。表題作ほか初収録作品多数。〈解説〉荻原魚雷
206630-4

や-1-3
とちりの虫
安岡章太郎
ユーモラスな自伝的回想、作家仲間とのやりとり、鋭く笑える社会観察など、著者の魅力を凝縮した随筆集。阿川弘之と遠藤周作のエッセイも収録。〈解説〉中島京子
206619-9

ふ-2-6
庶民烈伝
深沢七郎
周囲を気遣って本音は言わずにいる老婆（「おくま嘘歌」）、美しくも滑稽な四姉妹（「お燈明の姉妹」）ほか、烈しくも哀愁漂う庶民を描いた連作短篇集。〈解説〉蜂飼耳
205745-6

ふ-2-9
書かなければよかったのに日記
深沢七郎
ロングセラー『言わなければよかったのに日記』の姉妹編（『流浪の手記』改題）。飄々とした独特の味わいとユーモアがにじむエッセイ集。〈解説〉戌井昭人
206674-8

た-15-10
富士日記（上）新版
武田百合子
夫・武田泰淳と過ごした富士山麓での十三年間を克明に描いた日記文学の白眉。昭和三十九年七月から四十一年九月分を収録。〈巻末エッセイ〉大岡昇平
206737-0